이어도 문화의 계승(繼承)

이어도 문화의 계승

저　자 | 양금희
발행자 | 오혜정
펴낸곳 | 글나무
주　소 | 서울시 은평구 진관2로 12, 912호(메이플카운티2차)
전　화 | 02)2272-6006
등　록 | 1988년 9월 9일(제301-1988-095)

2023년 10월 5일 초판 인쇄 · 발행

ISBN 979-11-87716-84-6 03810

값 18,000원

이어도 문화의 계승(繼承)

양금희 著

이어도 문화 보전에 이바지하기를

제주의 아름다운 풍광과 함께 제주 고유의 문화도 매혹적이다. 제주도에 전해지는 여러 가지 전설 중에서 이어도와 관련된 전설은 당시의 어려운 생활상을 엿볼 수 있게 한다. 전설 속의 이어도는 배고프지 않고 생명의 안전이 보장되는 곳, 그리고 온난한 기후 정도로 표현되고 있다. 이어도는 제주 도민의 슬픔을 달래기 위하여 형성된 전설 속의 섬이었다. 환경이 변하여 제주 도민들이 이상향으로 생각하였던 이어도보다도 현재의 이어도는 더 살기 좋은 곳이 되었다. 그래서인지 시간이 흐르면서 이어도와 관련한 전설이 잊혀 가는 상황이다.

제주 사람들에게 이어도는 맷돌 문화가 활성화되던 시기에는 맷돌을 돌릴 때 '이어도 사나' 노래를 부르면서 시름을 달래는 수단으로 이어져 왔다. 하지만 점차 기계화에 밀려 맷돌 문화의 명맥이 끊기면서 '이어도'에 대한 사람들의 관심과 기억도 점차 희미해져 가고 있다.

근래에 들어 상상과 이상향으로서 존재해 온 이어도는 한국과 중국 사이에 배타적 경제 수역 경계를 정하지 못하면서 관심을 받고 있다. 또한, 제주 마라도에서 서남쪽으로 149km, 중국 서산다오(山島,

Sheshandao)에서 287km, 일본 도리시마(鳥島, Torishima)에서 276km에 있는 수중 암초의 이름을 '이어도'라고 명명하고 '이어도 해양종합과학기지'를 건설하면서 '이어도'는 국민적 관심사가 되었다. 전설 속의 이어도가 수중 암초인 현재의 이어도와 일치하는 것은 아니지만 전설 속의 위치와 유사한 위치에 있다는 것은 이어도 수중 암초가 이어도 전설을 형성하게 된 계기가 되었을 수도 있다는 것을 생각하게 한다.

이어도 문화가 잊혀 가는 상황에서 이어도 문화의 계승 방안이 필요하다는 문제의식에서 이어도 문화 자료를 수집하여 영상으로 남기는 것이 필요하다고 생각하였다. 이어도에 대해 웃어른으로부터 자연스럽게 전해 들은 기억을 간직하고 있는 세대들을 만나 그들이 기억하는 '이어도'를 영상으로 채록하는 영상자료물은 무형의 이어도 문화를 후세에 남기는데 좋은 수단이기 때문이다.

이어도 문화에 관한 자료를 수집하고 이어도 증언을 채록하기 위하여 제주 전 지역을 돌며 수백 명의 사람을 직접 찾아가서 만났다. 인터뷰를 한 사람들을 통해 이어도에 관한 제주 도민들의 인식을 좀 더 구체적으로 알 수 있었다. 제주 도민들의 이어도에 관한 인식은 대체로 먹을 것과 입을 것이 풍요롭고 늙지도 않고 기후가 온난한 이상향으로 이어도를 인식하고 있음을 알 수 있었다.

60~90세에 해당하는 분들을 만나 이어도에 대해 알고 있는지를 물었지만, 그들 중 소수만이 이어도에 대한 단편적인 기억만을 갖고 있을 뿐이었다. 각자가 기억하고 있는 이어도에 대한 기억도 사람마다 매우 살기 좋은 곳, 무서운 곳, 해산물이 풍부한 곳, 가면 돌아오지 못하는 곳 등으로 차이를 보였다.

자료를 수집하면서 흥미로웠던 점은 산간 지역으로 갈수록 이어도를 알고 있는 사람들이 거의 없었고, 해안 지역에 가까울수록 이어도를 기억하고 있는 사람들을 어렵게나마 만날 수 있었다는 점이다. 이를 통해 알 수 있는 것은 해안 지역은 특성상 바다에 물질을 나가거나 배를 타고 어업활동을 할 기회가 많았다. 그들은 바다에서 사고를 당해 불귀의 객이 되는 경우 죽었다고 생각하는 것이 아니라 고통도 배고픔도 없는 이어도라는 이상향에 갔을 것으로 생각하며 위안을 얻었을 것으로 추측해 볼 수 있었다.

〈이어도 문화를 찾아서〉라는 영상을 제작하는 것을 계기로 인터뷰와 채록을 하면서 이어도 문화와 관련한 자료를 남기는 것의 중요성을 깨달았다. 나아가 문헌적 자료를 남기는 것의 필요성을 느껴 '이어도 문화'에 관련된 전반적인 자료 수집과 정리를 하고 나름의 이어도 문화 보전과 전승 방안을 제시하고자 하여 이 책을 펴내게 되었다.

『이어도 문화의 계승』은 그동안 이어도와 관련하여 학술적인 참여와 이어도에 대한 직간접적인 경험과 문학적 활동을 포함하여 이어도 관련 영상 제작 과정 및 후기 등을 모아 엮었다. 이 책은 다음과 같이 구성되었다.

1부에서는 이어도 문화에 대하여 개략적으로 전반적인 윤곽을 살펴보겠다. 이어도 문화를 중심으로 선행 연구 결과물인 『이어도 문화의 계승발전을 위한 정책 연구』(제주발전연구원 제주학연구센터)를 토대로 이어도 문화에 대한 정의와 이어도 문화를 좀 더 쉽게 소개하고자 한다.

2부에서는 나이 든 세대들이 기억하고 있는 이어도에 대해 채록하는 것이 역사적인 사료로서 중요한 작업이라는 인식하에 증언한 내용을 담았다. 과거에 비해 지금은 이어도가 많이 알려지긴 하였지만, 맷돌노래와 해녀들이 사라지면 이어도에 대한 제주 도민들의 인식도 위축될 것으로 전망된다. 그래서 이어도에 대한 증언을 좀 더 확보할 필요가 있어 직접 인터뷰를 진행하였고 그 내용을 담았다.

3부는 이어도와 관련하여 인터뷰 과정에서 제주인들의 애환이 서린 '이어도 사나'를 알고 있는 몇 분의 짧지만 소중한 이야기를 담았다.

4부는 생활 곳곳에서 '이어도' 상호와 도로명이 많이 사용되고 있는 점을 참작하여 제주도와 도외 지역에서 '이어도'라는 명칭이 사용되고 있는 상호와 도로명을 네이버 검색을 통해 검색된 결과를 넣었다.

5부에서는 펜의 힘을 통해 이어도에 대한 국민적 관심과 사랑을 고취하기 위해 출범한 이어도문학회를 중심으로 그간의 업적과 활동 과정을 담았다.

6부는 이어도 문화가 제주 도민들에게 어떤 의미가 있는지 이어도 문화가 주는 함의를 검토하고자 한다. 국마진상을 위해 항해에 나섰던 고동지(전설 : 고동지와 여돗할망)가 배가 난파되면서 여인들만이 있는 이어도에서 꿈같은 세월을 보내고 고향이 그리워 그곳을 지나던 중국 상선에 의해 고향으로 돌아오는데, 그때 배에 몰래 타고 고동지를 따라 조천에 와서 살다가 죽은 후 마을의 당신으로 모시게 되었다는 신화가 깃들어 있는 장귀동산당터의 과거와 현재의 모습을 담았다.

7부에서는 〈이어도 문화를 찾아서〉 영상 제작과정과 후기를 담았다. 영상 자료는 종합예술의 복합체이면서 각 국가의 정치, 경제, 문화, 교육 등의 전 분야를 망라하여 기록할 수 있으므로 역사적인 기록과 시대상을 가장 효율적으로 후세에 전할 수 있는 도구이다. 이러한 영상자료물은 무형의 이어도 문화유산을 보존하는 좋은 수단이면서 이어도에 대한 제주 사회의 집단적 기억을 집약하여 후세에 전달할 수 있는 가장 훌륭한 수단이 될 수도 있을 것이다.

제주인의 이상향을 넘어 대한민국 국민들의 이상향으로서 이어도가 '이어도 문화'로 계승 발전시켜야 할 공감대를 얻기 위해서는 이어도가 왜 중요한지에 대한 대한민국 국민들의 공감대 형성이 우선되어야 할 것이다.

『이어도 문화의 계승』을 통해 제주에 뿌리를 둔 '이어도 문화'가 대한민국 국민들의 시름과 아픔을 달래주는 이상향으로써 활짝 꽃피웠으면 한다. 아픔도 배고픔도 고통도 없는 이상향으로 우리 선조들에게 위안을 줬던 이어도가 국민적 관심 속에서 문화적 가치로서 세계화의 날개를 달기를 희망해 본다.

미약하나마 이어도 문화 보전에 이바지하며 독자들의 관심을 끌기를 바란다.

2023년에 양금희

양 금 희 著   이어도 문화의 계승(繼承)

제1부

서

론

1. 이어도 문화 개관

1) '이어도 문화'의 정의

이어도 문화는 제주 사람들과 함께 제주인들의 의식 속에 면면히 이어져 왔다. 하지만 제주의 소중한 유·무형문화 유산임에도 불구하고 점차 사라지고 있다. 제주인의 이상향으로 알려진 이어도는 문헌으로 기록된 내용보다 구전되는 내용이 많아서 더 빠른 속도로 사장될 위험에 직면하고 있다.

먼저 이어도 문화에 관한 정의를 다루고자 한다. 이 책에서 다루려고 하는 이어도 문화는 영국의 인류학자 에드워드 버넷 타일러(Sir Edward Burnett Tylor, 1832-1917)의 문화에 관한 정의를 중심으로 다루고자 한다. 타일러는 문화에 관하여 『원시문화 Primitive Culture(1871)』라는 저서에서 "지식, 신앙, 예술, 도덕, 법률, 관습 등 인간이 사회의 구성원으로서 획득한 능력 또는 습관의 총체"라고 정의하였으며 이는 광범위하게 수용되고 있다. 문화와 문명을 구분하는 예도 있는데 독일어에서는 문화를 의미하는 Kultur와 문명을 뜻하는 Zivilisation으로 구분하는 경향이 있다. 가치나 신념, 사고방식이나 이론, 철학, 생활양식 등 무형의 정신적인 측면은 문화이고, 기계나 건축물, 발명품 등 물질적 산물은 문명으로 구분하고 있다.

제주발전연구원 제주학연구센터에서 발간한 선행연구보고서인 『이어도 문화의 계승 발전을 위한 정책 연구』를 참조하면, 문화에 대해 타일러는 "민속지적 의미에서 폭넓게 받아들여지는 문화 혹은 문명이란 지식, 믿음, 예술, 도덕, 법, 관행 그리고 사회의 성원으로서 획득한 그 외의 다른 능력과 관습을 포괄하는 복합적 총체"라고 정의하고 있다. 유네스코는 "문화란 사회 구성원의 특유한 정신적, 물질적, 지적, 감성적 특성의 총체로 간주해야 하며, 예술 및 문학 형식뿐 아니라 생활양식, 함께하는 방식, 가치 체계, 전통과 신념을 포함한다"라고 정의하고 있다.

이어도 문화에 대해 『이어도 문화의 계승 발전을 위한 정책 연구』는 이어도 할망당, 이어도 본풀이, 이어도 영화, 이어도 음악, 장귀동산당 등이며, "제주의 척박하고 위험한 환경을 이겨내기 위한 선조들의 노력으로 탄생하였으며 바다에서 실종되거나 사망한 사람들에 대한 희망을 갖게 하여 슬픔을 덜었으며 노동요와 같은 형태로 발전하여 공동체를 이루는 중심 문화로 역할을 하였다"고 분석하면서 이어도 문화에 대해 "이어도와 관련한 사회와 구성원의 특유한 정신적, 물질적, 지적, 감성적 특성의 총합"이라고 정의하고 있다.

2) 이어도 문화의 특징

'이어도 문화'의 가장 중요한 첫 번째 특징은 무형적인 것이 주류를 이루고 있다는 것이다. 이런 점은 이어도와 관련하여 전하는 기록이 거의 없으며 구전으로 전하는 것이 대부분으로, 쉽게 소실되는 경향이 나타나기도 하였다. 또한, 명확한 전달이 되지 않는 특성에 따라 구전되는 이어도 민요에서도 '이어도', '이여도', '이허도' 등 유사한 다수의 명칭이 나타나서 어느 명칭이 정확한지 또는, 어떤 의미가 있는 명칭인지

혼란스럽게 하는 경향이 있다. 1897년 제주에 유배되었던 이용호(李容鎬)의 『청용만고(聽春漫稿)』에서 '이여도(離汝島)'라고 표현하고 있다. 그러나 이용호가 밝혔듯이 사람들이 이어도 민요를 부르는 것을 듣고서는 생각나는 대로 쓴 것에 지나지 않는다고 보는 것이 타당하다. 따라서 '이여도(離汝島)'라는 명칭에 특별한 의미를 둘 수 없을 것이다. 그 후에 강봉옥(康奉玉)이 1923년에 잡지 『개벽(開闢)』(제32호)에 이어도의 전설을 소개하면서 '이허도(離虛島)'라고 기록하였다. 그러나 역시 구전하는 노래들을 기록하였으므로 강봉옥의 임의대로 적은 것에 지나지 않는다. 또한, 1929년부터 1935년까지 한국의 민요를 조사한 일본인 다카하시 도오루(高橋亨)는 1933년 「민요에 나타난 제주여성」을 발표하면서 이어도 전설의 형성 시기를 500여 년 전으로 추정하고 있다.

이어도 문화의 두 번째 특징은, 명확하지는 않지만 이어도의 위치를 언급하고 있다는 것이다. 섬이라는 것을 명확하게 밝히고 있으며 한국과 중국 사이의 바다에 있다는 것이다. 지리적으로 이어도는 중국과 한국 사이에 있다는 점을 명확히 하고 있다. 물론, 현재의 이어도 수중 암초가 전설 속의 이어도라는 것은 아니다.

'이어도 문화'의 세 번째 특징은 문헌 기록자들도 모두 주민들의 전설이나 민요를 듣고 기록하였다고 주장하고 있으며 지식인들이나 지배층의 철학적 사고가 반영된 것이 전혀 없으므로 이어도 문화 형성의 주체가 지배층이 아닌 민중이라는 것이다. 문헌 기록을 모두 주민들의 전설이나 민요를 듣고 기록하였으며 지식인들이나 지배층의 철학적 사고가 반영된 것이 확인되지 않고 있다. 이어도 문화에서는 생리적 욕구나 안전 욕구라는 기본 욕구를 충족하기 위한 이상향으로 나타나고 있다. 고통스러운 현실 생활을 벗어나고픈 민중들의 갈망이 이상향으로서의 이어도 문화의 토대가 되었을 것이다. 또한, 이어도 노래에서는 해녀들이 물질하는 힘든 노동에서 벗어나 이어도라는 이상향에서 편안히 살고 싶은 마음이 강하게 드러나고 있다.

'이어도 문화'의 네 번째 특징은 이어도 문화는 제주인의 정신문화에 깊이 영향을 끼쳐서 '상상의 섬', '무릉도원', '이상향', '유토피아' 등으로 각인되어 있어서 전체적인 현상은 아니더라도 부분적으로나마 제주인들이 아직도 이상향으로 기억하고 있다는 것이다. 다음의 자료에서 보듯이 이어도에 관한 인식이 1996년 이전에는 이상향으로 주를 이루었으나 1996년 이후에는 수중 암초, 영유권 분쟁 지역, 해양 영토 등의 인식이 나타나고 있다. 1996년에 우리나라가 배타적 경제 수역 선포를 한 것과 연관이 있다는 것을 알 수 있다.

▶ 김영화(1996)가 제주대학교 국문학과 대학생 50여 명을 대상으로 '이여도' 서면조사
 − 이상향(유토피아, 무릉도원, 낙원, 파라다이스): 51.2%
 − 실재하지 않는 섬(상상의 섬, 환상의 섬): 26.8%

▶ 2015년 5월 제주대 · 한라대학생 607명 대상 조사
 − 과학기지 20.4%, 없다 17.5%
 − 영유권 분쟁 지역 15.5%
 − 이상향 15.2%, 전설 속의 섬 12.5%
 − 수중 암초 10.3%

– 해양 영토 8.6%

이러한 '이어도 문화'의 특징 중에서 지리적으로 이어도는 중국과 한국 사이에 있다는 점이 유엔해양법에서 '배타적 경제 수역'이라는 신설된 제도와 함께 주요 쟁점으로 등장하게 된 것으로 분석된다.

3) 무형문화로서의 이어도

이어도는 문헌에서 이어도, 이여도, 이허도 등으로 나타나고 있으며 이어도는 전설, 민요 외에도 이어도에 대한 시나 소설 등의 문학 작품 등으로 다루어지고 있어 무형문화는 풍부하게 축적되고 있다. 설화 속에 나타난 이어도는 다카하시 도오루(1932)가 모슬포에서 채록한 것과 진성기(1959)가 조천리에서 채록한 것, 김영돈·현용준(1977)이 동김녕리에서 채록한 것 등이 있는데 제주도 해안가 마을을 중심으로 광범위한 지역에서 이어도 무형문화가 퍼져 있었다는 것을 알 수 있다. 이어도 무형문화는 정교하게 이어도라는 이상향을 그리지 못하고 있으며 파편적으로 묘사되고 있다. "사시사철 봄날의 섬, 수평선과 같은 높이의 섬, 운무에 쌓인 섬, 여자들이 많은 섬, 배고픔과 고통이 없는 섬" 등으로 묘사되고 있다. 이용호가 쓴『청용만고』에 이어도가 지방 사람들의 풍속으로 설명하고 있다. 이어도는 구전되는 설화, 생활양식인 노동요로 전달되기도 하였다. 노동요로 맷돌 노래와 해녀들의 노래를 통하여 이어도라는 용어는 비교적 잘 전해졌으며, 이어도에 대한 인식도 확산하였을 것으로 보고 있다.

현대적인 이어도 무형문화는 새로운 발전의 토대가 마련되고 있다.
이어도를 소재로 한 문학 활동이 활발하게 일어나고 있으며 영화, 연
극, 가요 등 다양한 형태로 나타나고 있다.

4) 유형문화로서의 이어도

이어도에 대한 유형 문화는 찾아보기 힘들며 이어도 종합해양과학기
지는 해양에 관한 연구 구조물이면서 동시에 가장 대표적인 이어도 유
형 문화 구조물로 볼 수 있다. 이어도 종합해양과학기지는 이어도에 대

한 인식을 확산시키는 데 크게 이바지하였다.

　한국 영화 〈이어도〉의 주 촬영지인 한경면 자구내 포구에 한국영상
자료원과 북제주군이 공동으로 2002년 11월 3일 '이어도' 촬영 장소 기
념비를 세웠는데 이 기념비도 유형 문화재로 볼 수 있다.

2. 이어도 문헌 자료

1) 이용호(李容鎬)와 『청용만고(聽春漫稿)』

이용호(李容鎬)는 경녕군派로 1842년에 태어나서 1905년에 사망하였으며 자(字)는 자관(子寬), 호(號)는 석촌(石村)이다. 모양군의 13대손이며 청담공의 10대손이고 치상(致庠)의 아들이다. 1878년(고종 15)에 정시 병과(丙科)에 급제(及第)하고, 홍문관(弘文館) 교리(校理) 및 충청어사 · 경상순무사를 역임하였다. 흥선대원군 섭정기간 때 유능한 인재로 발탁되어 정사를 두루 집무하였으나 갑오개혁(甲午改革) 이후 명성황후 일족의 집권으로 흥선대원군의 실권이 쇠퇴하여 그를 추종하던 모든 정객도 몰락하였다. 운양 김윤식을 비롯하여 그 일당 수십 명이 각 섬으로 귀양 갔다. 그는 제주(濟州)에서 주민과 아동에게 경학을 가르치며 6년을 보냈다. 그는 그곳에서 기거하며 그 지방의 풍물과 풍치를 저술(著述)하고, 주옥같은 문장(文章)으로 세속을 표출하여 『청용만고(聽春漫稿)』를 냈다. 이 책은 1996년 증손(曾孫) 이태영이 국역 판으로 출판(出判)하였다. 이용호는 1905년(광무 9) 사면되었으며 64세로 별세하였다. [1]

이어도의 전설이 잊혀 가고 있는 상황에서 주강현 제주대 석좌교수는 『유토피아의 탄생』(도서출판 돌베개)이라는 책에서 이어도와 관련한 설화를 정면으로 부정하였다. 그는 전설 속 이어도가 20세기 지식인들의

---

1 '신종우의 인명사전' 홈페이지 참조(http://www.shinjongwoo.co.kr/name/ah/azh/wjswn/wjs980.htm 검색일 2015년 5월 19일).

손을 거쳐 어떻게 대표적인 '섬-이상향' 상징이 됐으며 '섬-이상향' 서사가 탄생되었는지 설명한다. 그는 소코트라 락(Socotra Rock)으로 표기되던 마라도 남서쪽 152km에 있는 암초가 '파랑도'를 거쳐 '이어도'로 이름 지어지면서 상상 속의 섬이 실제의 섬으로 바뀌었다고 주장하며 제주 무가(巫歌)는 물론 제주 속담사전조차 이어도에 대한 언급을 찾을 수 없다고 주장하였다. 그는 1929년부터 1935년까지 한국의 민요를 조사한 일본인 다카하시 도루(高橋亨)가 제주 민요에서 채록한 후렴구 중 '이어도 사나'에서 이어도를 즉자적으로 '이어도(島)'로 표기했다고 평가하였다. 그러나 이용호(李容鎬)가 1897년 제주에 유배되어 머물며 쓴 '방아 찧는 소리처럼 생각 내키는 대로 읊은 시문'이라는 뜻의 『청용만고(聽春漫稿)』에서 '너를 떠나보낸 섬'이라는 뜻의 이어도가 어디에 있는지는 모르겠으나 토박이들이 그 소리를 전하면서 오래된 풍속으로 전한 것이라고 기록하고 있다. 이 기록을 통해 19세기 이전부터 이어도에 대한 문화가 제주도에 있었다는 것이 명백해졌다.

이용호(李容鎬)는 이어도에 관한 방아타령을 듣고 음절과 박자가 없는 우는 소리 비슷하였다고 설명하면서 그 소리에 원망과 울분은 없었다고 묘사하고 있다. 또한, 제주도가 옛날에는 원나라의 영토로 목축을 바치는 역사가 있었으며, 나무속을 파낸 배로 대해를 건너다가 열에 서넛이 죽어서 돌아오지 못했다고 설명하면서 그들이 원나라로 떠날 때 가족들이 이어도에서 노래를 부르며 전송하였다고 하나 이어도가 지금의 어느 곳인지는 잘 모르며, 지방 사람들이 그 소리를 전하여 풍속이 되었다고 설명하고 있다. 『청용만고(聽春漫稿)』의 자서(自敍) 전문은 아래와 같다.[2]

自叙

自予過海假館而樓旣有日笑廳聲聞有声嘈々啾
々謂之歌半而無其節拍謂之哭乎而不類悲悱者
此詢諸館人曰此島人之春歌也濟舊爲胡元所領
歲有献牧之役剗木截大海詎洋浩淼々爲鮫鰐
飽還者十不能三四其行也家族送徃于雛汝島爲
歌以誂別兩謂雛汝島今不詳何地而土人傳其声
仍爲故俗凡宥力役勸切必歌以爲節此春者之所
以相杵也予於是諦聽則其曲折徃復必以雛汝島
㪅之襟以俚語非商非羽不樂不哀天機㪅於齒舌

聽春漫稿　天

2　이용호, 이태영 역, 『聽春漫稿』, 기종족보사, 1996, pp.19-22.

絶句浸稿　天

不自知其然而然所謂勞者惟歌其事也予以罪見

序伶傷侘傺無所乎用心凡耳目之所觸輒形于辭

譬如候虫時禽之吟嘆初不詳其工拙且況耶見止

于攜牧居處圃於丈尋誰為之扣發新思乎其点春

者自鳴其勞苦而已夫結毫鄒事也而以之窩心博

奕小數也而猶賢乎已圖非一道也遂裒錄亂藁凡

若干頁或者覽者其点以予之聰眷歌者観写宜不

煩書檜之議甫仍自敍于晚羅之橋室

스스로 敍述함

내가 바다를 건너와 집을 빌리고 거처한지 오래되었다, 壁 하나를 사이에 두
고 시끄럽게 우는 소리를 노래라고 말하여야할까 그 음절과 拍子가 없으니 울고

있다고 말하여야할까 원망하고 울부짖는것 갓지는 아니하여 館人(뱃…사람을 이르고 사람)

어게 물어보니 이것이 섬 사람의 방아노래라고 대답했다. 濟州島가 옛날에는 오

람게 元나라의 領土로 牧畜을 바치는 役事가 잇어 사람들이 나무속을 차내어 배

를 만들어 타고 大海를 橫斷하는데 바다가 넓고 넓어서 가끔 상어와 악어에게 잡

아먹히어 돌아오는 사람이 열여서 씨넛도 못되었다. 그들이 떠날때 家族이 離汝

島여서 幾送하며 노래불러 訣別하였다 하나 이른바 離汝島가 지금의 어느곳인가

는 잘 모른다. 地方사람들이 그 소리를 傳하여 옛 風俗이 되었다. 대개 賤役이

있으면 功을 勸하여 반드시 노래로 音節을 삼았으니 이것이 서로 접우질하며 방

아찡는 소리이다. 내가 자세히 살펴 들으니 그 曲節의 왔다 갔다 하는 것이 반드

시 離汝島에서 나와 天賦의 性質 또는 機智가 입에서 나와도 그러한 까닭을 스스로 알

지도 아니하여 商音도 羽音도 아니며 줄겁지도 슬프

지못하니 이른바 수고로운 것은 오직 그 일을 노래하는 것이다.

내가 非로써 키양살이하며 家落하고 落보하여 마음을 쓰지 못하고 年目의 賜

感을 맛로 나타내는것을 비유하건대 節候따라 나오는 벌레나 새가 울고 지저귀

는 것같아 처음부터 그 재주가 잇고 없음을 헤아리지 못하겠는데 하물며 보는것

이 樵夫 牧童에 그치고 居處하는 것은 한 결의 우리에 갇혀 있으니 누가 나를 위

樵夫 牧童에 그치고 居處하는 天

續 吞 浸 稿 天

하여 새로운 思想을 두드려 내게 하겠는가 亦是 방아찧는 사람이 스스로 그 勞

苦를 울린 나름이다. 상두를 짜거나 쪽을 쩌는것은 천한 일이나 거기에 마음을

두치고 장기 바둑두는 일은 작은 셈이지만 아무것도 안하는 것보다 낫다 하였으

니 진실로 한길 뿐만은 아니다.

드디어 허트러진 글을 수집한 것이 약간 제이지가 되니 후 보는 사람은 나의

방아노래 둘은 것으로써 보시고 宜當 費楮 曹貝 檜風(외화유풍)의 비난에 벗기좀

지 말아야 할것이며 濟州島의 橘室에서 스스로 叙述하노라.

2) 강봉옥(康奉玉)의 「濟州島의 民謠 五十首, 맷돌 가는 여자들의 주고 밧는 노래」

이어도에 대한 또 다른 문헌으로 1923년 2월 1일 발행한 『開闢』 제32호에서 강봉옥(康奉玉)이 소개한 제주 민요가 있다. 강봉옥은 「濟州島의 民謠 五十首, 맷돌 가는 여자들의 주고 밧는 노래」라는 제목으로

【39】 ──濟州島의民謠五十首──

濟州島의民謠五十首
── 맷돌가는女子들의주고밧는노래 ──

康奉玉

民謠는 그 國民性의 表現된 옷이라 함은 누구나 다아는바이외다。 살하民謠의 價値가 어쩌하다 함은 이제 새삼스럽게 말할必要가 업겟슴니다。 다못恨스러운것은 우리民族의 노래는 넘우나 荒野에 버리워진것가튼 그것이외다。 이것은 濟州島의 主張 女子들이 부르는 노래 올시다

野骨的單調로운 릭릭크로써 참으로 우리民族의 人情에준이고 사랑의 憧憬에 心情의섯(衆)이 넘처나는 설음이올시다。 赤裸裸인 粗野의 人間의 神聖한美의 赤子입니다。「릭즌」은 凡庸의압헤 허구을느고 壯嚴한形式압혜 翻弄하야 무어라는追從업는 純潔한人間性、 素朴한民訴、 흥업은告白이 原始的旋律로써노

래한 「센희멘할」의美입니다。 濟州島의民謠에 女子들이맷돌(磨石)을갈때에 부르는노래와 潛娥(海女)들이부르는노래와 양대(網巾종) 역글쩌、망건(網巾)짤째에부르는노래、康夫들이牧童의소리、漁夫의소리들이안혼中에 이것은女子들이맷돌을갈쩌에 두사람이나三四人을勿論하고 한사람이노래불우면 그다음사람이엇하지「코ㅡ라스」를부르는것이올시다。「세ㅡ레」가 가장설음에서 넘처난노래가 가장아릿다운詩歌라」는말과가티 이曲調는秋陰에서 鳴咽하는매양(樣)의 哀調입니다。 古證的語調와方言이 만흠으로歷史的메스

力이적은 나에게는아주理解처못할語意가만
혼것은 다만 여러어른의말오신理解들비는바
이며 일하後日에 朝鮮民謠의若干을 모아드밀
가합니다。사람사람이어 우리民族의 노래에
갓가이와서 「키스」하시오。

離虛島러라 이허도러라
이허、이허 離虛島러라
이허도가면 나 눈물난다
이허말은 마라서 가라
울며가면 남 이나웃나
大路한길 노래로 가라(노래부르며 가거라는말)
갈쎄보니 꽃華로가도
돌아올쎈花族이러라(花族은裝與들말함)

離虛島는濟州島사람의傳說에오는섬(島)임니다。濟州島를西南으
로風船으로四五日가면수잇다는가。그러나누구가 가다온수
운일습니가。오는바다가온대水平線과가튼奔土싱이다하며、선제
던지 雲霧로을싸이고 四時昌春봄이다하며 멸디 세상을떠난仙境
이다구 濟州島사람들이 憧憬하는理想鄉이을시다。

元의아들元자랑말라、(元은部守를말함)
臣의아돌臣자랑말라、

선분가롯내父母게시면、(선분을先天的임合이아니냐?)
元도臣도무섯지안라、
元臣任도 워 나무다리(橋)(元이나臣도 一木橋처럼 쉬어할)

김은무삼 한길이틴고。(누뜻)

◇

서울서울어대가 서울、
한술밥을 열놈이먹어、
설이사니 서울이러라。
서울時勢ㄴ 오로고 나려
여거時勢ㄴ한時勢러라。

◇

서울닭운목 소리조하、
구비江南 소남에안저、
朝鮮國을 기울이더라。

◇

서울 몰낸(沙)白몰내 소래
드되어 보니 사르퉁한다、
그 소래란 반기어 돌어
돌아드런 三年이러라。

이어도의 위치와 특성에 대하여 설명하고 있다. 강봉옥(康奉玉)에 대해서는 알려지지 않고 있으나 민족지인 개벽에 제주도 민요를 실은 것으로 봐서 민족주의 사학자인 것으로 추정된다. 강봉옥(康奉玉)은 "濟州島의 民謠 五十首, 맷돌 가는 여자들의 주고 밧는 노래"라는 글에서 이어도의 위치와 기후를 개략적으로 설명하고 있어 이어도의 원형으로 큰 의미가 있다.

강봉옥은 이어도가 수평선과 같은 높이로 안개가 자욱한 봄 날씨가 지속하는 섬으로 설명하고 있다. 그는 제주도 사람들이 동경하는 이상향으로 이어도를 묘사하면서 온난한 기후를 중요 요소로 보고 있다.

離虛島러라 이허도러라.
이허, 이허 離虛島러라.
이허도 가면 나 눈물난다.
이허말은 마라서 가라.
울며가면 남 이나웃나

大路한길 노래로 가라. (노래 부르며 가거라는 말)
갈때보니 榮華로 가도
돌아올땐 花旀이러라. (花旀은 喪輿를 말함)

離虛島는 濟州島 사람의 전설에 잇는 섬(島)입니다. 濟州島를 西南으로 風船으로 4, 5일 가면 갈수 잇다 합니다. 그러나 누구나 갓다온 사람은 업습니다. 그 섬은 바다 가온대 수평선과 가튼 平土섬이라 하며, 언제던지 雲霧로 둘러끼고 四時長春 봄이라 하며 멀리 세상을 떠난 仙境이라구 濟州島 사람들이 동경하는 이상향이올시다.

강봉옥이 소개한 글에서는 이어도를 '이허도'라고 부르면서 이허도라는 말을 하면 슬퍼서 눈물이 난다, 울면서 걸어가면 다른 사람들이 보고 비웃는다, 그러니 이어도 말은 아예 꺼내지도 말라는 내용을 담은 노래를 소개하고 있다.[3]

이어도가 수평선과 같은 높이의 섬으로 설명되는 부분은 이어도가 발견되지 않는 이유를 설명하기 위한 장치로 보인다. 또한, 안개가 자욱한 봄 날씨가 지속하는 온건한 기후에 대하여 말하고 있는 것은 악천후에 시달리는 것을 피하고 싶은 이상향으로 이어도를 묘사하고 있는 것으로 보인다[4]

3) 다카하시 토오루(高橋 亨)의 「民謠에 나타난 濟州女性」

이어도와 관련한 대표적인 또 다른 문헌 자료 중의 하나가 다카하시 토오루(高橋 亨)가 『朝鮮』 212號 昭和 8年(1933년)에 발표한 「民謠에 나타난 濟州女性」이 있다. 다카하시 토오루(高橋 亨)는 동경제국대학을 졸업한 후 1903년 조선에 관립중학교 교사직을 맡아 일본어 교사로 부임하였다. 1910년 이후엔 경성고등보통학교 교유, 대구고등보통학교 교장,

---

3 康奉玉, 「濟州島의 民謠 五十首」, 『開闢』 32, 1923, pp.39-40.
4 康奉玉, 위의 책, 1923, p.40.

경성전수학교/경성법학전문학교의 교수, '조선제국대학창설위원회' 간사를 거쳐, 경성제국대학 본과가 개교한 1926년에 조선어조선문학의 조선문학 분야 교수로 부임했다. 그는 1926년 개교할 때부터 1939년 3월 정년퇴직할 때까지 근무했다. 다카하시 토오루(高橋 亨)가 경성제국대학에서 강의할 때 사용한 강의 노트 110권 중에서 66권은 사상 관련 강의 노트이고, 44권은 문학 관련 강의 노트로 알려졌다.

다카하시 토오루(高橋 亨)는 식민지 지배의 정당화를 위해 조선유학을 연구하였다. 그는 조선유학의 특성을 고착성, 종속성, 분열성으로 설명하여 당시 일본의 동양 이해의 틀을 그대로 조선에 적용하며 조선유학을 부정적으로 기술했다는 비판을 받기도 하였다. 그는 제주도로 민요 수집을 위하여 방문하기도 하였다. 그는 1929년 11월에 민요 수집을 위해 제주도를 처음 방문했는데, 별다른 성과를 얻지 못하고 그 이듬해 연구실의 조수 조윤제를 따로 보내서 민요를 수집하도록 하여 조윤제가 200수 가까이 민요를 수집했으며 그것을 토대로 1931년 봄에 명륜학원에 입학한 제주 출신 이창하(李昌厦)에게 검증을 받은 후, 1931년과 1932년 여름에 다시 제주를 돌며 모두 300수 가까이 수집했다.[5]

다카하시 토오루(高橋 亨)는 1933년 『朝鮮』 1월호에 「民謠に現はれた 濟州の女」를 발표하면서 그처럼 오랜 시간이 걸렸던 것은 이미 10여 년 전 섬사람 김모 씨가 제주도 민요를 400여 수 채집해서 중추원에 보냈으며 그것의 일부가 『開闢』에 소개되었음을 확인했기 때문이라고 밝

---

5   박광현, 「다카하시 도오루와 경성제대 '조선문학' 강좌 - '조선문학' 연구자로서의 자기동일화 과정을 중심으로 - 」, 『한국문화』 제40집(2007), pp.47-48.

히고 있다.[6]

다카하시 토오루(高橋 亨)의 글에서는 이어도에 대한 다양한 명칭이 나
타나고 있어서 흥미롭다.[7]

제주의 노래에는 방아 찧는 노래에도 뱃노래에도 농가(農歌)에도 그 밖
의 노래에도 노래의 첫 부분과 끝부분에 이여도야 이여도(또는 이허도라고
도)하는 후렴이 붙어있다. 어떤 이는 이허도(離虛島)라고 쓴다. 이 섬은 공
상 속의 섬이며 제주와 중국과의 중간쯤에 있다고 믿어지고 있다. 가는
배이건 오는 배이건 이 섬까지만 오면 우선 안심한다는 곳이다. 그래서
떠나가는 배에 대해서는 이허도까지 무사하라고 비는 것이며 또 가서 돌
아오지 않는 배가 있다면 최소한 이허도까지만 돌아오면 이 재난은 면할
수 있었을 것을 하고 슬퍼한다.

다카하시 토오루(高橋 亨)는 이어도 전설의 형성 시기를 500여 년 전으
로 추정하고 있는데 그의 글에서도 강봉옥의 글에서와 마찬가지로 이
어도의 위치를 한국과 중국 사이에 있으며 강남 가는 길의 중간쯤이라
고 기록하고 있다.[8]

다카하시 토오루(高橋 亨)는 이어도 전설의 생성 시기에 관해서도 설명
하고 있다. 그는 대정에 강(姜) 씨라는 해상운송업의 거간인 장자가 있

---

6 박광현, 「다카하시 토오루와 경성제대 '조선문학' 강좌 - '조선문학' 연구자로서의
   자기동일화 과정을 중심으로」, 『한국문화』 제40집, 2007, pp.47-48.

7 다카하시토오루, 「民謠에 나타난 濟州女性」, 『濟州女性史料集Ⅱ』, 제주특별자치도
   인력개발원, 제주발전연구원, 2008, pp.41-42.

8 高橋亨(1933), 「民謠に現われた済州の女」, 朝鮮總督府 『朝鮮』, 212号, p.59.

⊗　　　　　　웁つく井ミ
十王竹は同じ、　走りて立てば
悲歌が出る。　　若くべきうすは
皆つき行けざ、　歌はん歌は
猿教多し。

を擱りて立てば直ぐに歌が出る・民謠に

방어귀광　　시왕댓단，
심어서난　　설은말한다。
지島항이　　다지여가도，
苦島노래　　수만일녀라。

⊗十王竹といふは細い竹で、こ、ではこの十王竹に布片を附けた鳥の女巫の舞ふ時に、持ち振るものをいふ。

是等無数の杵歌の音調は、何づれも苦酸にして、夜更けて靜に之を聞けば、意味を解せぬ客子も暗涙が流れる。其は既に輿地勝覽に出で、爾後濟州を記する何の書も之を云はざるはない。實に杵歌の調は苦酸である。胸中に欝結した苦悶をば歌を借りて吐出する概がある。何故に濟州の民謠の調子が斯く苦酸なるか。是には傳説的説明が一つある。濟州の歌には杵歌でも船歌でも農歌でも、此他の歌にも其の歌ひ出しと終りとに 이여도 야、이여도(又 어허도とも)といふ收斂(分号)が附いて居る。人或は離虚島と書く。この島は空想上の島であって濟州と支那との央程に在ると信ぜられてゐる。往航にせよ復航にせよ、此島まで來れば先づ安心といふ處である。そこで出航に向つては離虚島まで無事なれと祈るのであるし、又往つて返らぬ船あらば切めて離虚島まで返り著きたらば、この災難は免れたりしならんにと悲しむ。謠に

江南가건　　　江南に行くには
　　　　　　　お日様見て行け。
허넘을보라　　牛어라한다。
이여島가　　　半通だそうな。」

었고 황해를 가로질러 갔던 공물선이 돌아오지 않으므로 강 씨의 부인
이 슬픔에 차서 '아아, 이허도야 이허도'로 시작하고 끝나는 노래를 불
렀으며 이 곡조는 이런 슬픔을 담고 있으나 500년이 지난 후의 섬 여인
들의 인생관이 어두워서 이어도 노래에 공감하고 있다고 평가하고 있
다.

그러나 그 후 5백 년의 세월이 흘러 이제는 이 슬픈 곡조가 의미를 다
잊혀진 채로 섬 여인네들에 의해 노래 불리워져 대부분 그네들의 노래의
모티브가 되는 것은 무슨 때문일까. 이것은 그녀들의 마음이 당연히 여
기에 공명공조(共鳴共調) 하기 때문이다. 과연 그녀들의 가사도 십중팔구
는 슬픈 것이다. 기쁘다, 즐겁다는 노래는 거의 보이지 않는다. 즉 그네
들의 인생관이 어두운 것이다. 이 생을 기뻐하며 즐거운 기분으로 생활
하고 있지 않다. 어쩌면 이 세상 그 자체를 싫어하고 혹은 내 자신을 슬퍼
하고 있는 것이다. [9]

---

9 다카하시 토오루, 「民謠에 나타난 濟州女性」, 『濟州女性史料集 II』, 제주특별자치도
   인력개발원, 제주발전연구원, 2008, p.43.

3. 이어도 원형 정리

1) 문헌 자료에서의 이어도 원형

〈표 Ⅰ-1〉 이어도 문헌 자료 내용 비교

이어도 문헌 자료	저 자	발간 시기	이어도 명칭
『聽春漫稿』	이용호(李容鎬)	1897년경	이여도(離汝島)
『開闢』 제32호	강봉옥(康奉玉)	1923년	이허도(離虛島)
『朝鮮』 212號	다카하시 토오루(高橋 亨)	1933년	이허도(李虛島)

〈표 Ⅰ-1〉에서 보듯이 현재 사용하는 '이어도'는 이들 대표적인 문헌 자료에서 언급되지 않고 있으며 유사한 '이여도'와 '이허도'로 나타나고 있다. 따라서 현재 사용하고 있는 명칭인 '이어도'는 최근에 만들어진 것이라는 것을 알 수 있다.

① 이여도(離汝島)
문헌 자료를 중심으로 이어도에 대한 지리적 환경적 묘사를 검토해보면 이용호(李容鎬)는 『청용만고(聽春漫稿)』에서 이어도가 어디에 있는지는 모르겠으나 오래된 풍속으로 전한다면서 '너를 떠나보낸 섬'이라는 것을 강조하고 있으며 명칭도 '이여도(離汝島)'라고 부르고 있다.

② 이허도(李虛島)

강봉옥(康奉玉)은 '이허도(離虛島)'로 부르고 있으며 제주도 서남쪽으로 풍선을 이용하여 4, 5일 가면 도착할 수 있다고 설명하고 있다. 또한, 돌아온 사람이 없으며 안개가 자욱한 섬으로 항상 봄 날씨가 지속되는 선경(仙境)이며 이상향이라고 묘사하고 있다.

③ 이여도 또는 '이허도(李虛島)'

다카하시 토오루(高橋 亨)는 이여도 또는 '이허도(李虛島)'로 쓰고 있으며 공상 속의 섬으로 제주와 중국과의 중간쯤에 있다고 설명하고 있다. 적어도 500년 전 강씨 부인이 슬퍼하며 부른 노래가 이어도 민요가 되었다고 주장하고 있다.

2) 민요에서 나타나는 이어도 원형

제주도의 많은 민요에서 이어도가 나타나는데 이어도보다는 이여도라는 선후창의 형태로 노동요에서 많이 부르는데 민요에서 나오는 이여도는 고통을 벗어난 저승의 섬이거나 때로는 정말 바다 저 멀리 존재할지도 모른다고 믿는 이상향의 섬이었다.

현실에서 고달픈 삶을 살아가던 제주 사람들에게 사랑받던 이어도는 일상생활의 노동활동에서 부르는 노동요의 형태로 나타나는데 'ᄀ레ᄀ는소리', '방에짛는소리', '검질매는소리', '물질소리' 등에서 나타나고 있다. 제주 사람들은 이상향인 이어도를 부르면서 현실의 고통을 조금이나마 덜었던 것으로 볼 수 있을 것이다.

【ᄀ레ᄀ는소리 · 방아짓는소리】

이여이여 이여도ᄒ라

이여이여 이여도ᄀ레

이여이여 이여도방애

【해녀노래】

이여도사나 이여도사나

이여싸 이여싸

이여싸나 이여싸나

【마당질소리】

이여도 홍

이여도 홍아

【양태 · 망건 · 탕건줏는소리】

이여이여 이여도 망테

이여이여 이여도멩긴

이여이여 이여도탕근

【멜후리는소리】

이여도여 방아로구나

【솔비는소리】

이여도홍 홍애기로구나[10]

　민요에서 나타나는 이어도는 고통이 없는 저승을 상징하는 경우가 많이 나타나고 있다. 제주도에서 해녀들이 노동 민요인 해녀소리 '이어도 사나'의 곡조는 노동과 관련한 특징을 보이고 있다. 이 노래는 해녀들이 물질을 하는 각박한 노동에서 벗어나 이어도라는 이상향일 것 같은 섬에 편안히 살고 싶은 마음을 강하게 드러내는 삶의 꿈을 표현하고 있다.[11]

10　양영자, 「제주 민요의 배경론적 연구」, 제주대학교대학원 박사논문, 2005, p.41.

11　조효임, 「해녀소리 '이어도 사나' 오르프음악놀이」, The Korean Journal of Arts Education, Vol. 7 No. 1, 2009, p.126.

4. 진성기 관장[12]이 말하는 '이어도'

　　진성기 관장이 2012년 3월에 『제주도민요 전집』을 펴냈는데 이 책에 이어도와 관련된 맷돌노래가 수록되어 있다. 진성기 관장은 "이어도는 맷돌노래와 함께 광범위하게 사람들에게 알려져 있었으나 맷돌노래가 사장되다시피 하면서 이어도에 대한 제주 도민들의 인식도 많이 감소하였다"면서 "채록 당시에도 모두가 이어도가 이상향이라는 것을 명확히 알고 있는 것은 아니었고 일부는 이어도에 대하여 구체적으로 인식하지 못하는 사람도 있었다"고 회고하였다. 그러나 "해녀들은 비교적 이어도에 대하여 자세히 알고 있었으며 이어도에 대하여 잘 모르는 사람일지라도 이어도라는 말 자체는 매우 친숙하였다"라고 주장하였다. 또한, 조천면 조천리에 있었던 '장귀동산 일뢰한집' 남자무당인 정주병씨의 본풀이에서 '고동지와 여돗할망의 이야기'가 본풀이로 나온다고 설명하였다.

　　한국학중앙연구원의 '향토문화전자대전'에 수록되어 있는 정주병의 구술 내용은 아래와 같다.

12　진성기 제주민속박물관장(76)은 1964년부터 제주민속박물관을 운영하였다. 민속문화 지킴이로 알려져 있으며 제주도문화재위원 및 중앙문화재전문위원으로 활동하였다.

〈제주인뉴스〉 양금희 편집국장과 진성기 제주민속박물관장

옛날 한 남편이 이여도(이어도)로 가서 첩을 만나 행복하게 살았다. 시아버지를 모시고 살던 아내는 남편을 찾아 나서야겠다며 시아버지에게 선흘(조천면 선흘리) 숲의 나무로 배를 지어 달라고 하였다. 배가 다 만들어지자 며느리는 시아버지와 함께 배를 타고 이여도를 향했는데, 시아버지는 편히 앉아 있고 며느리 혼자서 "이여도싸나, 이여도싸나" 하고 노래를 부르며 노를 저어 이여도에 이르렀다. 그리하여 아내는 시아버지와 무사히 이여도에 도착하여 남편을 만났다. 그렇게 아내를 만나고 보니 반갑기도 하고, 또 고향으로 돌아가자고 하니까 남편도 그러마고 하고 온 가족이 한 배를 타고 고향으로 향했다. 그런데 갑자기 풍파가 몰아닥쳐 모두 죽고 말았다. 그 후 고향 사람들은 그 가족을 생각하여 해마다 제사를 지냈다고 한다(구연자 김순여).

옛날 조천리에 고동지란 남자가 있었다. 어느 해인가 중국으로 국마 진상을 가게 되었다. 고동지는 동료들과 순풍에 돛을 달고 떠났는데, 배가 수평선에 이르렀을 때 갑자기 폭풍이 불어 배가 표류하게 되었다. 다행히 한 섬에 표착하였는데, 이곳은 과부들만 사는 섬이었다. 고동지는 그곳에서 행복하게 살았다. 그러나 시간이 흐르자 고향 생각이 절로 나서 구슬프게 '이어도' 노래를 불렀는데, '강남으로 가는 절반쯤에 이어도가 있으니, 나를 불러 달라'는 애절한 내용의 노래였다. 그즈음 아내도 배를 타고 떠난 남편이 돌아오지 않자 슬픔을 이기지 못하여 "이어도ᄒ라 이어도ᄒ라 이어 이어 이어도ᄒ라 이엇말ᄒ민 나 눈물 난다"란 노래를 지어 불렀다고 한다. 그 후 고동지는 중국 배를 만나 고향으로 돌아오게 되었다. 이때 이어도에서 고동지를 따라온 한 여인은 후에 여돗할망(이어도의 할머니)으로 불리며 오래오래 제주에서 살다가 죽었는데, 제주 사람들이 매년 이 할망을 위해 제사를 지내 주었다고 한다(구연자 정주병).[13]

진성기 관장은 '이어도 설화'를 처음으로 채록된 것은 1958년으로, 조천리에 사는 '장구동산 일뢰한집' 남자 무당인 정주병이 구연한 것을 채록하여 1959년 출판한 『제주도 전설지』에 실었다고 하였다.

이후에는 현용준·김영돈이 1979년 5월 북제주군 구좌읍 동김녕리에 사는 김순여(여, 61세)가 구연한 것을 채록하여 1980년에 출판한 『한국구비문학대계』9-1(북제주군 편)에 이어도와 관련한 이야기가 실려 있다.

---

13 [출처] 한국학중앙연구원 - 향토문화전자대전

5. 이어도 문화와 관광 자원화 가능성

제주 사람들의 기억 속에만 존재하고 있는 이어도 문화가 사장될 위기에서 새롭게 발전 가능성이 나타나고 있다. 문화라는 것은 생활양식이며 실제 생활에 스며들어 활용되지 않으면 자연스럽게 도태된다. 이어도 문화는 과거 맷돌을 이용하던 시기에는 맷돌 노래로 활용되어서 명맥이 유지되었다. 최근 한국과 중국 사이의 해양 경계가 확정되지 못한 채 크고 작은 논란을 일으키면서 이어도 문화도 새롭게 조명되고 있다. '이어도 종합해양과학기지'와 이어도 해역을 둘러싼 해양경계 확정 문제가 쟁점화되면서 '이어도'에 대한 국민적 인지도가 상승하고 있다. 이런 상황에서 이어도 문화의 관광 자원화는 이어도 문화를 계승하고 발전시키는 원동력이 될 수 있다.

이어도 유형 문화는 많지 않으나 충분히 관광자원으로 개발 가능성을 열어두고 있다. 이어도 해양과학기지를 탐방하는 선박 여행 상품의 개발과 〈이어도〉 영화 제작 기념비가 있는 차귀도 옆의 자구내 포구를 비롯한 해안 일대의 절경을 활용하여 이어도 관광 상품 개발이 가능할 것이다.

『이어도 문화의 계승 발전을 위한 정책 연구』를 위한 연구 과정에서 대학생들을 대상으로 이어도에 관한 경향을 분석한 것을 보면, 설문조사에서 응답자 대부분은 이어도에 대해 들어본 경험이 있고, 이어도가 실재한다고 답했다. '이어도 이미지'는 이어도 종합해양과학기지라고 인식하고 있는 것으로 나타났다. 또한, 처음 접한 이어도 문학은 이어도를 소재로 한 민요나 전설이며, 소설 작품으로는 이청준의 「이어도」

인데, 이어도 문화는 후세에 전승할 문화유산으로서의 가치가 크다고 응답했다. '이어도' 가치에 대해서는 1순위는 지리과학적 가치, 2순위 문화상징적 가치, 3순위는 군사안보적 가치 순으로 응답했다. 이어도 문화를 관광상품으로 개발하기 위해서는 이어도 문화에 대한 원형을 발굴하고 현대적 감각에 맞는 이어도 문화 발전을 위한 학문적 담론을 형성하고, 지역적 요소를 가미한 이어도 문화를 특성화해야 한다. 이어도 상징 조형물 설치, 이어도 문화 거리 조성 등을 복합적으로 연계시키면 이어도 관광자원화 가치는 충분하다고 본다. 또한 이어도 문화관을 건립하여 '이어도' 관련 자료 전시 공간을 마련하고 '이어도 종합해양과학기지' 홍보체험관을 건립하는 것이 필요하다.

제2부

이어도 문화
심층면접

1. 내가 기억하는 이어도

‘내가 기억하는 이어도’ 인터뷰 부분은 『이어도 문화의 계승 발전을 위한 정책 연구』(제주발전연구원)에 게재된 내용이며, 일부 인터뷰 내용에 사진이 없는 경우 사진과 실명 및 인터뷰 당시 나이를 추가하여 재구성, 편집하였음을 밝힙니다. ‘내가 기억하는 이어도’ 촬영에 귀한 증언을 해주신 모든 분께 감사드립니다.

1) 진성기 제주민속박물관장[1] 대담 −제주시 이도2동(2015년 6월 30일)

① 이어도는?

이어도는 제주 도민의 생활 속에서 슬픔과 기쁨이 얽혀 있는 상상의 섬이라고 돼 있지만 우리 무속 상의 조천에 있는 장귀동산당에 이어도 할망을 당신으로 모시고 있는 것으로 보아 옛날 우리 조상들이 실제로 이어도라는 섬이 있었을지도 모르겠다는 생각이 든다.

제주도 말의 기원은 탐라 건국신화에서 고양부 삼성이 오곡과 6축을 벽랑국에서 가지고 올 때 망아지를 가져왔다고 하는데 실질적으로 몽골과 관계된 이야기라고 할 수 있다. 고려 충렬왕 2년에 몽골인들이 제주도에 목장을 위해서 말을 들여와 많이 길렀다. 97년간 제주도를 통치

---

1 진성기 제주민속박물관장(향토사학자, 80)은 1936년 제주에서 태어나서 제주대학교를 졸업하고 1964년부터 제주민속박물관을 운영하면서 민속 문화연구에 전념하였으며 제주도문화재위원 및 중앙문화재전문위원으로 활동하였다. 진성기 관장은 이러한 공적으로 제주도문화상(1974년), 옥관문화훈장(2003), 탐라문화상(2010) 등 다수의 상과 훈장을 수상했다. 2012년 3월에 『제주도민요전집』을 펴냈는데 이 책에 이어도와 관련된 맷돌노래가 수록되어 있다.

할 때 말을 많이 길렀다. 이 말들은 중국으로 진상을 가던 시대였다. 배에 말을 2~30여 척에 싣고 말 진상을 가는데 풍파도 만나고 여러 가지 우여곡절 끝에 돌아오는 배는 막상 한두 척에 불과했고 돌아오지 못한 배는 이어도로 갔다고 생각했다.

　　이어도허라, 이어도허라 이여이여이여허라 이어도허민 나 눈물난다.
　　옛말은 말앙근 가라 강남을 가는 해남을 보라 이어도가 반이엔허라~

이어도는 중국으로 가다 보면 중국과 제주도 사이 절반 지점에 이어도가 있다라는 이야기다. 많은 사람들이 이어도에서 못 돌아온다고 하는데 조천에 사는 고동지라고 하는 영감이 말을 싣고 진상을 가는데 풍파를 만나 이어도에 가게 되었는데 이어도에 도착해 보니 과부들만이 사는 섬이었다. 이어도에서 환대를 해서 고동지는 매일 이집 저집을 오가며 생활하다가 어느 날 문득 고향의 가족이 생각나 고향으로 가야겠다고 했더니, 그동안 정들었던 여돗할망이 따라가겠다고 해서 그 부인을 매정하게 뿌리치지 못하고 같이 오게 되었다. 그때 같이 데리고 온 할망이 조천 장귀동산에 집을 지어 살다가 죽으니까 장귀동산당이 만들어졌고, 지금도 장귀동산이 있고, 그 할머니를 당귀동산에 모시고 여돗할망이라 해서 수호신으로 모시고 있다. (이어도에 대해 전해지는 이야기는) 대충 이런 내용들인데 제주 사람들의 희비가 엇갈리는 환상의 섬이고, 아름다운 섬이고 여자들이 많이 사는 섬이라는 전설이 있다.

② 제주 사람들에게 인식되고 있는 이어도는?

'이어도허라 이어도허라 이어도허라 옛말허민 나 눈물 난다. 옛말은 말앙근 가라'는 이어도 노래는 맷돌을 돌릴 때나 절구 방아를 찧을 때 가족들이 맨날 이어도에 가서 돌아오지 못한 남편들, 오빠들, 할아버지들이 생각이 나 눈물이 난다고 한 것이다. 돌아오지 못한 가족들이 이어도에서 살고 있지 않을까 하는 기대와 언젠가 만날 수 있지 않을까 하는 희망도 곁들여 있는 환상의 섬, 이상향이라고 할 수 있다.

③ 이어도 문화가 사라지고 있는 이유는?

우리 생활이 바뀜에 따라 자연적으로 생각도 바뀌는 것이 아닌가한다. 그 당시만 해도 목축 농업사회에서 말을 키우고 맷돌을 돌리고, 방아를 찧어 주식을 장만하던 때에는 이어도가 많이 알려졌지만 기계화되고 생활이 편리해짐에 따라 자연적으로 이어도 문화가 사라지게 되었다.

『탐라지』에도 임춘향이라는 예쁜 색시에 관계된 전설이 나오는데, 김복수라는 사람이 이어도에 가서 고향 생각하다가 식구들을 생각하고 슬픔에 잠겨서 달 밝은 밤에 (탐라지에 나왔다고 증언) 바닷가를 거닐면서 이어도노래를 부르자 이어도 주민들도 따라 부르게 되었다.

이어도 사나 노래에도(여도) 나오지만 오똘또기 노래(여도)에도 연관시켜 나오는데 임춘향이 나오는 오돌또기에 '오똘또기 저기 춘향 나온다. 달도 밝고 연자머리로 갈까나 둥그대 당실 둥그대 당실 여도 당실 연자 버리고 달도 밝고 내가 머리로 갈까나'에도 '여도'가 나오고, 이어도 노래에서의 여돗할망과 김복수와 임춘향(춘향전의 성춘향이 아니고)이라는 것이 복잡하게 나타나고 있다.

이어도는 제주 도민 생활상에서는 기쁨과 슬픔이 섞여 있는 환상의 섬이었고, 이어도가 있어서 우리 제주 도민들에게 희망을 안겨준 것이다. 이어도가 없었다면 너무 답답하고 절망적이었을 것이다. 중국으로 진상을 갔다 오는 과정에 이어도가 있었기 때문에 숨통이 트이고 어려움 가운데 참고 살 힘이 생겼을 것이다.

④ 이어도가 등장한 시기는?

연대적으로는 약 1000년쯤 될 것으로 본다. 몽골 사람들이 제주에 와서 말을 기르기 시작한 것은 고려 충렬왕 2년쯤으로 약 8~9백 년 되니까 한 800~900백 년쯤으로 거슬러 볼 수 있을 것 같다.

이어도 문화는 전혀 공허한 얘기만도 아닌 것이 『탐라지』에 오돌또기와 김복수의 전설 속에 나오고, 또 조천 장귀동산 당신으로 이어도할망이 후손들을 돌보겠다고 하는 민간 신앙적인 것이 있고, 제주도 무가 본풀이 사전 속에 할망당에 대해서도 있다.

⑤ 제주인들에게 이어도는?

제주 도민이 항시 움직여야(부지런해야만) 살아갈 수 있는 힘든 생활상에서 이어도라는 희망을 품고 있었기 때문에 일하는 것에도 힘이 생겼을 것이다.

옛날 국마진상 바찔 때
고동지영감 창옷섭에 붙떠온
여돗할망 일뢰중ᄌ님.
고동지영감이 ᄆᆞᆯ을 ᄒᆞᆫ배
식거, 대국 진상을 간
오는디 강풍이 불어
여도에 배를 붙쩌
이 할망을 만났구나.
"얼씨구나 좋다 절씨구나 좋다"
소리 존 살장귀로 여돗할망은
놀래로 살고 풍내로 지내니,
나광 ᄒᆞᆫ디 제주도로 가기
"어떵ᄒᆞ우꽈"
"감ᄉ ᄒᆞ우다.
나 살을 도랠 닦아줍서"

고동지영감은 여돗할망광

배를 타고 수진포로 들어오라

장귀동산에 좌정ㅎ고

ㅎㄴ 둘 육장 상을 받는 일뢰한집.

당ㅁ쉬 쇠할망 쇠할ㅇ방

세경태우리 거느리고

좌정ㅎ 일뢰중ㅈ님

제일 12월 말일 백매단속제

1월 14일 과세문안제

2월 8일 믈불임제

7월 14일 마풀림제

10월 15일 시만국대제[2]

(조천면 조천리 남무 54세 정주병 님)

---

2 《무가본풀이》책 내용 옮김. 장귀동산 일뢰한집(조천면 조천리)

2) 한희규 (80세)

- 조천읍 조천리 (2015년 7월 1일)

　확실히는 모르지만 전해 오는 바에 따르면 파도가 세서 찰랑찰랑 물결이 셀 때는 안 보이고, 파도가 잔잔할 때는 보인다는 말을 들었는데 어떤 것이 맞는지는 모르겠다. 이어도가 제주도에 속한 거라는 것만 알지 세밀한 것은 모른다. 이어도에 대해서는 해녀들도 이제는 젊은 해녀만 있고, 노인 해녀들이 없어서 알지 못한다. 장귀동산이 제일 컸지만 4.3사건 때 다 멸실되어 버렸고, 사람들이 살면서 표적이 없어져 버렸다.

3) 장우종 (84)

－조천읍 북촌리 (2015년 7월 1일)

낭군님이 고기잡이 갔다가 이어도에서 난파돼서 낭군님이 돌아오지 않으니까, 낭군님을 그리는 마음에서 이어도 사나 노래가 나왔다고 알고 있다. 해녀들이 물질하러 갈 때 지금은 기동선이니까 힘이 덜 들었지만, 전에는 노 저어 가려면 힘이 드니까 이어도 사나를 부르면서 (물질하러) 갔다고 알고 있다.

4) 고완순 (77)

– 조천읍 북촌리 (2015년 7월 1일)

옛날에는 섬이라고 들었다. 옛날에 어른들이 제주도의 역사를 얘기할 때 제주도는 큰 섬이었고 이어도도 섬이었다고 했다. 옛날에 (이어도에) 사람이 살다가 어느 시대부터 차츰차츰 바닷물 속으로 잠겨 버렸다는 얘기를 들었지만 하찮게 들어서 (구체적으로는) 잘 모르겠다.

이어도 사나 노래는 이어도(이상향)에 목적을 두면서 생활에 고달픔을 잊기 위해 이어도 사나 노래를 불렀고, 용기와 힘을 실어 주는 노래였다.

5) 김덕수 (66)

－구좌읍 한동리 상한동 (2015년 7월 2일)

옛날 어르신들에게 들은 이야기인데 몇천 년 전부터 역사에 내려오니까 기록은 없지만 말로만 들었고, 섬인 줄 알고 있고, 제주도의 땅이라고 알고 있다. 지금은 태풍 기지를 만들어 제주도의 땅이라고만 알고 있다. 거기는 고기도 많이 살고 있다.

6) 오영길 (77)

－구좌읍 한동리 상한동 (2015년 7월 2일)

듣기로는 여자들만 사는 섬이라고 들었다. 저승 가는 이어도에 가면, 거기는 섬인데 물 아래 있는 섬, 그래서 배도 그 위로 다니다 암초에 걸려 침몰했다고 들었다. 여자들 천국이고, 남자는 없다고 알고 있다. 배 좌초하는 것도 물 아래 섬인 걸(암반) 몰라서 가다가 배도 좌초되었다. 그래서 거기 유왕제귀신이 있어서 유왕제를 거기서 지낸다고 알고 있다. 이어도가 남군 어딘가로 알고 있고 그 정도밖에 모른다. 웃어른들에게 들은 것이 그 정도다.

7) 이재후 (76세)

- 조천읍 북촌리 북흘로 (2015년 7월 2일)

이어도는 옛날 사람들에게 환상의 섬이다. 조천읍 북촌은 제주도 관내에서 이어도가 있는 곳에서 제일 거리가 멀다. 이어도에 대한 전설이 사람마다 지역마다 다를 것이며, (이어도가) 딱 이거다라고 (정의)할 수는 없다.

어른들에게 들은 바에 의하면 해녀들이나 고기 잡으러 간 사람들이 행방불명되면 가족들을 잃어버린 사람들은 좋은 세상으로 갔을 것이다, 이어도라는 극락세계로 갔을 것이라며 위안을 얻었다. 해녀들이 물질하러 가면서 부르던 '이어도 사나 이어도 사나' 노래는 '이어도로 가자 이어도로 가자'다. 거기가 극락세계다.

옛날에 물질하던 젊은 해녀가 이어도로 갔다. 거기는 기후가 좋아 먹을 것, 입을 것이 풍부했다. 늙지도 젊지도 않고, 나이가 먹지도 않았다. 태어나는 사람이 많으면 인구 팽창해서 못사는데, 이어도에서는 죽

는 사람도 없고 태어나는 사람도 없고, 모든 것이 풍족해서 다툴 일도 없는 곳이었다.

이어도에는 따 먹으면 안 되는 금지된 열매가 있었는데 용왕이 젊은 부인에게 열매만큼은 따 먹으면 안 된다고 말했는데 용왕이 하도 그것을 강조하니까 젊은 부인이 호기심이 생겨 그것을 따서 먹었고, 그것이 발각되자 용왕이 젊은 부인을 세상 밖으로 내보내 버렸다. 세상 밖으로 나온 젊은 부인이 살던 고향으로 찾아가 보니까 집터만 있고 모두 변해 버렸다. 이어도에서 잠깐 살았다고 생각했는데 돌아와서 보니까 한 200백 년쯤 산 것이었다.

젊은 부인은 그 동네에서 제일 나이가 많은 사람을 찾아가서 터만 남은 집터에 살던 사람들이 어떻게 되었느냐고 물었다. 그랬더니 동네 할머니가 집터만 남은 집에 살던 증조할머니는 옛날에 바다에 물질 가서 행방불명되었고, 다른 사람들도 모두 뿔뿔이 흩어졌다고 말했다. 그 얘기를 듣고 나서야 행방불명된 사람이 자신인 것을 알게 되었다. 이어도는 신성한 곳이다. 말하자면 제주도 어민이나 해녀들이 시체를 못 찾으면 이어도에 갔구나하며 가족들이 위안을 받는 곳으로 생각했다.

지금은 과학전진기지가 설치되어 중국이 자기네 땅이라고 하지만, 이어도가 지리적으로 왜 우리가 지켜야 할 곳이냐면 지상에 있는 지하자원은 거의 활용되어 버리고 수중에 있는 지하자원은 무궁무진하기 때문에 그렇다. 과학이 발달하면 발달할수록 수중의 지하자원을 캐내어 우리가 자본화시켜야 한다. 이어도를 중심으로 한 바다 자원이나 어족 자원은 풍부하다. 그래서 지켜야 하고 절대 중국에 양보해서는 안된다. 이어도는 우리 국민이 꼭 지켜야 한다.

8) 전직 해녀

－구좌읍 행원리 (2015년 7월 2일)

이어도라는 말은 들어보았지만, 내용은 전혀 아는 바가 없다. 배 타고 나갈 때 이어도가 있다고 듣기만 했을 뿐 자세한 내용은 잘 모른다.[3]

---

3   구좌읍 행원리 바닷가에서 해산물을 채취하고 있던 전직 해녀분은 '이어도'라는 말은 들어본 적이 있지만, 이어도에 대해서 구체적으로 들어본 적은 없다고 말하였다.

9) 마늘 작업하는 부부

- 서귀포시 대정읍 (2015년 7월 4일)

이어도에 대해 들어 본 적이 전혀 없다. 이어도에 대해서 대정 사람들은 안 가봤기 때문에 모른다. 이어도에 대해 이야기 할 사람인 할아버지들도 다 돌아가셨다. 제주시 같으면 알 만한 사람도 있을 수도 있다. '이어도 사나' 노래는 들어 봤다.

10) 고순부 (81)

– 서귀포시 대정읍 동일1리 (7월 4일)

할머니들이 하는 얘기를 들어 봤다. 옛날에는 이어도에서 사람이 살았다고 들었다. 물속에 있는 섬인 줄은 방송을 통해 알았다. 이어도에 사람이 살았다고 하는데 물속에 있다는데 어떻게 사람이 살 수가 있는지…… 그곳이 완전 살기도 좋다고 옛날에 할머니에게 들었다.

11) 김태월 (80)

- 서귀포시 대정읍 동일1리 (2015년 7월 4일)

어느 처자가 남편이 이어도에서 돌아오지 않으니까 돌아오게 해달라고 기도를 올렸다는 얘기는 들어봤다. 이어도가 아주 천국이고 아주 좋다고 들었다.

12) 김시옥 (80)

－서귀포시 동일1리 (2015년 7월 4일)

　이어도 사나 노래는 해녀(20대)로 물질을 나갈 때 불러 보았지만 지금
은 세월이 오래되어서 '이어도 사나' 부분만 알고 있고, '이어도 사나'노
래 전체는 잊어버렸다. '이어도 사나' 노래는 힘든 물질을 나갈 때 주로
불렀고, 맷돌을 돌릴 때도 불렀다.

13) 강한구 (63)

– 대정읍 상모로 (2015년 7월 5일)

아주 옛날 어른들 – 한 90세 이상 되신 어른들 – 이 말하는 이어도와 달리 실질적으로 제주 도민이 생각하는 이어도는 '상상 속의 섬'이다. 사람들이 상상하는 이어도는 지금 현재는 없다. 추측하기로는 최소한 90세 이상 되는 분들이 아주 어렸을 적에는 이어도라는 섬이 따로 있다. 지금 현재 실재하는 섬이 아니라 '상상 속의 섬'인 '이어도'가 어딘가에 있었을 것이다. 그래서 바다에서 태풍에 배가 파손되거나 사람들이 실종되었을 때 또는 죽었을 때는 그 사람들이 이어도에 가 있을 것이라고 생각했을 것이다.

지금은 '파랑도'라고도 하고 '이어도'라고 하는 이어도는 실질적으로 지금 현재 사람들이 이 섬이 아닐까 생각하고 있지만 지금 현재의 사람들이 이럴 것이다라고 판단하는 것이지 그거다 하는 확정 짓는 것은 무리가 있다. 옛날 어른들은 정확한 위치로 이어도가 어디에 있었는지 아는 것이 아니었고, '먼바다에 나가면 이어도가 있을 것이다', '파도에 쓸려간다든가 태풍에 쓸려갔을 때 이어도에 있을 것이다' 이렇게 상상을 했던 것이다.

이어도에 대한 얘기는 옛날 어른들에게 들어 봤다. 하지만 대부분 많이 돌아가셨고 90세 이상 되는 분들이 몇 분 안 계시다. 지금 현재 생존하고 있는 90세 이상 되는 분들이 일제 강점기 시대에 청장년으로 활동했던 분들이기 때문에 일제의 억압 때문에도 어떤 이상향을 생각했을 것이다. 제가 생각하는 이어도는 그런 것이 아니었을까 생각한다. 이어도는 우리가 천당이나 지옥을 상상하고 생각하는 것 같이 제주도 사람들이 생각하는 이어도도 상상의 섬이었을 것이다.

14) 이(59) 씨 (전직 어부)

– 대정읍 상모로 (2015년 7월 4일)

외국 사람이 배 타고 가다가 부딪쳐서 발견했다고 들었다. 이어도는 우리가 알기로는 밀물 때는 보이지 않고, 썰물 때만 보이는 곳으로 알고 있다. 사리 때는 배가 많이 다쳤다(좌초됐다). 이어도는 수심은 얕다. 호수같이 바다가 잔잔할 때는 물속에 잠겨서 이어도가 있는지 모른다.

거기 갔다 온 지는 한 몇십 년 된다. 이어도에는 고기가 엄청 많다. 하지만 전복 소라는 전혀 없다. 그곳을 정확히 아는 사람들이 없을 것이다. 배 타고 고기잡이 갔다 온 사람이나 이어도에 대해서 알는지 모르지만 옛날에는 이어도로 배가 많이 가지 않았다. 왜냐면 배의 성능이나 여러 가지로 낙후되어 먼 이어도에 갈 수는 없었다.

서귀포나 한림 부두 쪽에 가면 어민들에게 이어도에 관한 이야기를 들을 수도 있을 것이다. 서귀포 지역의 배들은 비교적 규모가 큰 배들이 있고, 모슬포 지역은 배의 규모가 작은 편이라 먼 데까지 조업을 가는 것이 곤란하였을 것이다. 서귀포 쪽은 큰 배들이 조업을 나가기 때문에 이어도 방면으로 조업을 많이 갔을 것이다.

15) 양신하 (78)

- 대정읍 상모로 (2015년 7월 5일)

　이어도라고 하면은 과거에는 우리 부모님들은 전설이 섬이 아니라 그쪽에 가면 해녀들이 다 행방불명되어 버리는 어떻게 보면 어업에 종사하는 사람들이 가장 위험지구라고 전설로만 들어왔다.

　몇 년 전에 어딘가 학술자료로 나타났지만 제주도 어로학과 후배들이 있는데 그 주변에 어떤 어종들이 있는가 처음으로 탐사작업을 하면서 위치를 표시한 줄 안다. 그 이후에 섬이 아니고 바다 속에 있으니까 일반인들은 그다지 관심을 안 가졌던 것 같다. 제가 대정읍편찬위원회 위원장 하기 전, 대정읍 역사 문화 연구회장을 할 당시 연구회원들이 역사적으로 관심을 갖고 지역에 무엇(문화)을 찾고 보호를 하자고 했다.

그때 발의한 게 최남단 대정읍에는 가파도, 마라도가 아니라 이어도라는 상징적인 것이 있고, 과학기지로 선정되었으니까 이어도 역사 문화를 지키는 이어도 지킴이를 일개 반을 두자 이렇게 제안했는데, 그때 나온 이야기가 앞으로 이어도는 상당히 정치적으로 예민해서 분쟁 소지가 있을 만한 지역인데 사회단체로서 번듯하게 그것을 지켜낼 수 있겠냐고 해서 결국은 무산되었다.

최근 대정읍지를 만들고 있는데, 이어도는 읍지 화보로써 이어도기지 사진을 넣고 있다. 편찬위원 중에 (이제는 혁신도시가 되면서 남제주군이 없어졌는데) 그 당시 남제주군 의원이며 이어도 탐사를 했던 한 사람이 거기에 가서 사진도 찍고 탐사를 했던 당시의 사진도 제공해 주고하니까 우리 후배들은 (문화유산) 남기자 하는 차원에서 최남단 마라도비 사진하고 가파도 사진, 그리고 이어도 기지 사진을 넣어 대정읍지를 만들고 있고, 이어도와 관련한 내용의 연구 논문도 싣고 있다.

이어도는 우리 제주도 민요에도 나와 있다. 우리도 그것을 부를 줄안다. '이어도허라 이어도허라' '이어도 사나 이어도 사나' 한다면 이어도는 바다 속에 있는 어떤 수궁 같은 곳인데 여기는 우리가 어떻게 보면 기피하는 그런 지역이다. 물질을 한다든가 어부들이 배를 타서 고기잡이를 가게 되면 이어도라는 상징적인 그 지역을 회피해서 돌아서 갔다. 이어도는 아주 전설적 이름이면서도 어릴 때 듣기로는 저승사자와같은 곳으로 들었기 때문에 무섭게 인식되어 기피해서 돌아서 갔다. 그러나 이제는 정반대로 과학기지가 있다.

이어도에 대해서 듣기는 오래전 어릴 때부터 어머니, 아버지, 할아버지, 할머니에게 늘 들었다. 저기 마라도 밑에 가면 이어도 섬이 있는데 거기는 사람이 바다에서 죽으면 다 그쪽으로 간다고 해서 이어도가 무서운 곳이구나 해서 기피하는 곳으로 생각했다.

이어도는 대정읍 최남단에 있다 보니까 누구도 신경 안 쓰고 우리 지역에서도 특별히 조직이 구성되지 않고 해서 신경을 쓰려다가, 중국과의 관계에서 굉장히 위험한데 휘말릴 우려가 있어서 우리가 거기서 손 떼야 한다고 해서 5~6년 전에 논의하다가 중단됐다.

제주에서는 음력으로 6월 보름에, 연중 6월과 3월 15일에 바닷물이 가장 많이 빠지기 때문에 그쪽(이어도)에 돌(암초)이 보인다고 들었다. 연중 바닷물이 많이 빠지는 때에는 어업에 종사하는 사람들은 그쪽을 피해서 간다. 거기 잘못 가면 죽는 곳으로 얘기를 들었기 때문에 피해서 간다.

어릴 때 듣기로는 일제강점기에는 해녀들이 고무 옷이 아니라 무명천으로 만든 그런 것을 입고 물질을 하였는데 지금은 물안경도 있고 어군 탐지기도 있지만, 그 당시에는 그쪽(이어도)이 황금어장이어서 물건(해산물)이 아주 많다고 들어도 무서워서 접근을 하지 못했다는 얘기는 들어봤다.[4]

---

4 양신하 위원장에게 1932년에 일본인 다카하시 토오루가 모슬포에서 채록한 '거상 강 씨와 그의 부인에 얽힌 이야기'에 대해 들어본 적이 있는지를 물어보았다. 이쪽 지역은 북태평양의 특수한 어종이 굉장히 많았고, 역사에 기록된 것에 따르면 고종 24년인 1887년 경에는 전복만 캐는 채복선을 타고 온 일본인들이 가파도에 거주했는데, 가파도에는 식수가 없기 때문에 식수를 구하기 위해 일본인들이 하모리 가까운 곳에 있는 '신영물' 식수원을 왕래하면서 주민들과 갈등을 일으켰다는 이야기는 많이 들어보았고 고종실록에도 기록으로 나와 있다고 한다. 그러나 일본인 다카하시 토오루가 채록한 '거상 강씨'에 대한 이야기는 처음 듣는 이야기라고 말했다.

16) 이성택 (72)

- 대정읍 상모로 (2015년 7월 5일)

　제가 수협에 근무하면서 이어도에 대한 얘기를 들었다. 이어도에서 어선이 좌초가 돼서 구조하러 여러 번 가봤다. 이어도에서 배가 좌초되면 선원들을 먼저 구해서 나오고 나중에 선박을 인양하러 가곤 했다. 그때가 67년~70년도 당시에는 이어도라는 표시가 없어서 선박들이 좌초가 많이 됐다. 제주도 차원에서 선박의 안전을 위해 등대 역할을 할 수 있도록 부표라도 표시해달라고 도에 여러 차례 요청을 했고, 그 결과 등대처럼 부표가 설치됐다.

　이어도가 항로에 표시가 안돼서 인명피해도 많았다. 그래서 항해 시 조심하도록 나중에 항로 표시가 됐지만 항로 표시가 얼마 안 돼서 망가져 버렸다. 항로 표시를 신시대에 맞게 표시했다가 다음에 해양과학기지가 설치되었다.

모슬포에 잠수 기선들이 많이 있었다. 주로 어장이 많다. 남군 쪽이 황금어장이다. 물살이 너무 세고 물이 빠져나갈 때는 물건(해산물)이 많다고 해서 잠수부들이 이어도에 가서 작업하게 되면 작업시간은 얼마 안 되어도 며칠 수확한 것만큼 많은 물건(해산물)을 수확해 왔다. 심지어 해녀들도 물건이 많다고 하니까 해산물을 캐러 갔고 해산물을 캐러 간 사람들은 많이 채취했다. 수협에서 해산물을 판매할 당시 이어도에서 나는 전복이나 소라는 크고 아주 훌륭했다. 이어도에서 나는 전복은 품질이 아주 좋아서 그 당시에는(20~30년 전) 전부 일본으로 수출했다. 물건이 많이 채취되어 상처 난 전복도 얻어먹고 그랬다.

몇 년 전 이어도지킴이를 만들자고 하다가 (중국과의 관계에서 굉장히 위험한데 휘말릴 우려가 있어서 우리가 거기서 손 떼야 한다고해서 5~6전에 논의하다가 중단) 그때 얘기로 끝나고 말았지만 이어도를 지키는 것은 제주도의 자존심을 지키는 것이다.[5]

---

5 여기서 상반된 이야기를 들을 수 있었다. 앞서 대정읍 상모로에서 인터뷰에 응했던 전직 어부였던 이(59) 씨는 이어도에는 고기는 엄청 많았지만 전복이나 소라는 전혀 없었다고 주장한 반면, 수협에 20년 이상 근무하다 퇴직한 이성택(73) 씨는 전복이나 소라가 많이 잡혔고, 품질이 좋아 일본으로 전부 수출했다고 말했다.
대정읍에서 이어도와 관련하여 인터뷰에 응해 주신 분들은 1932년 다카하시 토오루가 채록한 '거상 강 씨와 강씨 부인에 얽힌 이야기'에 대해서는 전혀 들어본 바가 없다고 말하였다.

17) 양보윤 전 북제주군의회의장 (59)

- 한림읍 한림로 (2015년 7월 5일)

　이어도에 대한 이야기는 옛날 우리 할아버지, 어머니 윗사람들을 통해 들어 봤다. 사실 실질적으로 이어도가 우리 땅, 바다 영토로 확인된지는 그리 오래 안 된 20년 안팎으로 알고 있다. 바다 밑 5m 정도 밑에 있는 암반인데 중국 사람들은 자기네 거라 그러고. 내가 알기로는 몽골 칭기스칸이 여기 제주도 말을 많이 몽골로 많이 가져갔다. 그 당시 조류와 바람을 이용하지 않으면 어떻게 해서 제주도에서 몽골까지 가겠나. 100여년 지배했으니 아마도 수천 차례 몽골로 갔다. 조류로 이어도 앞까지 갔는데 말을 싣고 간 사람들은 사람들은 단 한 사람도 돌아오지 못했다.

예전에 우리 할아버지, 할머니들이 고기잡이 간 사람들이 못 돌아왔다고 얘기했다. 말을 싣고 조류와 바람, 계절, 바닷물의 흐름을 통해서만 갈 수 있었기 때문에 말을 싣고 간 조상님들은 있는데 돌아온 사람은 단 한 사람도 없다.

18) 장인숙 상군해녀 (66)

- 애월읍 고내리 (2014년 9월)

저를 낳고 7개월 만에 어머니가 바다에서 돌아가셨다. 그래서 친할머니, 외할머니 양쪽에 번갈아 가면서 할머니가 이 불턱 저 불턱 젖동냥을 해 먹이며 저를 키웠다. 저는 어머니가 돌아가셨다는 것을 모르고 할머니 밑에서 자랐는데, 하루는 울먹이면서 외할머니에게 "왜 나는 엄마가 없냐"고 물으니까 "이 다음에 크면 알겠지만 바다를 가리키면서 용수리 절부암 그쪽에 살았는데" 저 끝에 차귀도 섬을 가리키면서 "엄마 이어도 갔다. 이어도에 돈 벌러 갔으니까 이 다음에 돈 많이 벌고 오면 쟤네들 사탕도 사주지 말고 너만 먹어라" 이렇게 하면서 자랐다. 우리 엄마는 이어도 돈 벌러 갔구나 생각하면서 물질해서 육지 나들이

▲ 제주인뉴스 양금희 편집국장과 장인숙 해녀

가는 것처럼 그냥 이어도 섬에 돈 벌러 갔구나 생각하면서 좀 시간이 나면 절부암에 앉아서 바다만 보면서 '어머니' '어머니' 이렇게 하면서 이어도에 돈 벌러 갔구나 하며 (어머니를) 그리워했다.

이어도 하면 제주도 섬처럼 제주도 앞바다에 이어도 섬이 있는 줄 알았다. 지금도 마찬가지로 그렇게 있구나 생각했는데 최근에야 물속에 있는 이어도라는 것을 알았다. 이어도 하면 물 위에 둥둥 떠 있는 섬인 줄 알았다. 동네 어른들도 구체적으로 얘기해주지 않았고, 어머니가 이어도에 가 있으니까 너도 크면 어머니 찾아가 봐라, 이어도에 갈 수 있을 거다라고만 말했고, (이어도쪽을 가리킬 때) 아주 먼 육지를 가리키듯 가리키면서 저~기 이어도에 가 있으니까 너는 어머니 도움을 받아서 물질도 잘할 것이다 이럴 때 그 뜻이 어머니가 돌아가셨다는 얘기구나.

〈양금희가 만난 제주 해녀 장인숙〉

이어도는 어머니가 계신 곳

양금희 기자, 2013-05-07 오후 05:32:55

상군해녀이며, 고내리 전 잠수회장인 장인숙 해녀(64세)는 40년 이상 해녀로 삶을 살아가면서 이어도로 간 어머니에 대한 그리움으로 지금도 가끔 눈시울을 적시고 있다.

그녀는 바다에서 물질 작업 중 돌아오진 않는 어머니에 대해 "어머니는 이어도에 있다"고 생각한다면서 "이어도에 꼭 한번 가서 어머니~하고 목청껏 불러보고 싶다"고 말했다.

한경면 용수리에서 태어난 장인숙 해녀가 6개월이 되었을 때 전복을 따러 갔던 어머니는 해산물을 따는 해녀 도구인 빗창을 손목에 감고 물질하러 갔는데 빗창이 바위틈에 끼면서 뭍으로 올라오지 못해 생명을 잃고 말았고, 홀로 남겨진 그녀는 외할머니 품에서 자랐다.

할머니에게 이웃 아이들이 어머니, 아버지, 오빠, 언니, 동생 등이 있는데 왜 나에게는 어머니도 아버지도 없느냐고 물으면, 할머니는 "아버지는 군대 갔다"고 하고, 바다를 가리키면서 "어머니는 이어도에 돈 벌러 갔다. 돈 많이 벌면 온다"며 그녀를 달래었다. 그녀는 "우리 어머니는 이어도에 돈 벌러 갔다"며 친구들에게 말하면서 컸다. 그러나 마냥 뛰어놀다가도 절부암에 가서 이어도에 간 어머니를 기다리며 한없이 운 적이 한두 번이 아니었다.

그러던 어느 날 그녀의 아버지가 동네 좋은 청년 있다며 시집을 보내었고, 그 후 서귀포로 터를 옮겨 살다가 서귀포 집주인 아주머니의 권유로 물질을 하게 되었다. 물질 작업에 들어가면 동네 해녀들은 전복을 서너 개를 따는 반면, 장 해녀는 다섯 근 또는 여섯 근을 따는 일이 계속 이어졌다고 하였다.

서귀포 집주인 아주머니에게 이어도가 어디냐고 물으면 바다만 가리키면서 "저기 멀리에 있다"고 할 뿐 구체적인 설명을 해주지는 않았다고 하였다.

그러다 다시 고내리로 와서 살게 되면서, 고내리 어촌계에 당시 2천 원을 내고 조합에 가입해서 물질을 다시 시작하였다. 그녀는 변변한 장비를 갖추지 않고 물에 들어도 전복을 10근에서 20근, 소라는 70~80kg을 채취하여 동네 사람들은 그녀가 소라나 전복 미역 등을 많이 따는 이유에 대해 "어머니가 길잡이를 해 주어서 그런 것이라"고 말하였다.

　그녀는 지금도 이어도에 가서 "어머니하고 부르면 어머니가 살아 돌아올 것 같다"며 "이어도해양과학기지에라도 어떻게든 한번 가보고 싶다"고 말했다.

　장 해녀는 그녀가 어릴 적 할머니나 이웃 주민들이 이어도에 대해 구체적으로 알지는 못하였지만 이어도에 대한 말은 많이 들었으며, 동네 주민들이 물질할 때 '이어도 사나'를 많이 부르곤 하였지만 나이 든 이웃 주민들이 세상을 떠난 지금은 이어도가 점점 기억에서 사라지는 것 같아서 안타깝다고 말하였다.

2. 이어도 종합해양과학기지

이어도 종합해양과학기지는 마라도에서 149km 떨어진 수심 55m 암초에 세워진 우리나라 최초의 해양과학기지다. 이어도 종합해양과학기지는 해양 및 기상 관측소로 우리나라에 상륙하는 태풍의 60%가 통과하는 길목에 있다. 태풍이 우리나라에 상륙하기 8~12시간 전에 이곳을 통과하기 때문에 이곳에서는 태풍에 영향을 미치는 수온 변화와 바람의 세기, 파도, 기압 등을 관찰한 자료를 토대로 태풍의 강도 등을 측정하여 기상정보를 미리 알려줌으로써 태풍으로 인한 재해를 예방하는 데 많은 도움이 되고 있다.(자료 참고 : 국립해양조사원)

대한민국 제1호 종합해양과학기지로 순수 국내 자체 기술로 1995년 착공하여 8년여 공사 끝에 2003년 6월 완공되었다. 총 높이는 총 76m로 수면 아래 36m, 수면 위 40m이며, 중량은 총 3,400t, 면적은 1,320㎡로 50년을 견디도록 설계되었다.

이어도 종합해양과학기지에서 태풍 예측을 비롯하여 황사, 오염물질, 에어로졸 대기 물질 이동 추적 등을 통해 관측된 자료는 무궁화 5호 위성을 통해 실시간으로 전송된다.

1) 이어도 종합해양과학기지를 가다[6]

(사)이어도연구회(이사장 고충석)와 제주씨그랜트센터가 주최 및 주관하

---

6 출처 : 제주인뉴스(http://www.jejuinnews.co.kr)

여 해양 영토 주권 의식 확산을 위해 개최된 '이어도 종합해양과학기지 방문행사'가 7월 5일 제주항 및 서귀포항, 이어도 해역 일원에서 개최되었다.

이어도 종합해양과학기지 방문 행사는 우리나라 최남단 배타적 경제수역에 건설된 이어도 종합해양과학기지의 9주년을 기념하여 해양영토 관리 및 최신 해양과학기술의 국민적 관심을 높이기 위한 일환으로 추진하게 된 것으로, 이어도 기지 선상 체험을 통해 이어도 인근 해역에 대한 대한민국 관할권 확인 및 국제적 홍보 등을 기대하고 있다.

이번 행사에 참가한 제주대학교 4학년 김동훈 학생은 "말로만 듣던

2012년 7월 5일

이어도의 존재를 현장에 직접 와서 보니까 실감도 나고 감동도 받았다
며 방문할 수 있는 기회가 주어져 감사하다"고 소감을 밝혔다.

이도이동에 사는 김향숙 씨는 "사람들을 통해 이상향으로써 정확한
정보 없이 지식이 애매한 상태였지만 이어도 아카데미를 통해 이어도
의 실체와 정보를 알게 되고 또 이어도 종합해양과학기지를 직접 방문
할 수 있는 기회가 주어진 데 대해 감동을 받았다"면서 "한국 사람으로
서 제주 도민으로서 주권 의식을 새롭게 다지는 기회가 되어 매우 뜻깊

은 시간이 되었다"고 밝혔다.

그 밖에도 이어도 체험행사에 참여한 탐방객들은 한결같이 이어도아카데미를 통해 이어도에 대한 실체와 정보를 접하게 되었다고 입을 모았다.

한편, 이어도는 마라도에서 149km, 중국 서산다오에서는 287km, 일본 나가사키현 도리시마에서는 276km에 위치하고 있는 수중 암초로 우리나라에서 제일 가까운 거리에 있으며 제주의 신화와 전설로 잘 알려져 있다. 맷돌노래로 구전되어 많은 사람에게 알려졌으나 맷돌 사용이 없어지면서 과거보다는 제주 도민들에게 친숙감이 줄어들고 있는 상황이다.

마라도에서 149km 떨어진 수심 55m 암초에 세워진 이어도 종합해양과학기지는 해양 및 기상 관측소로 우리나라에 상륙하는 태풍이 통과하는 길목에 위치하고 있으며, 대한민국 제1호 종합해양과학기지로 순수 국내 자체 기술로 1995년 착공하여 8년여 공사 끝에 2003년 6월 완공되어 그 웅장한 위용을 드러냈다. 이어도 종합해양과학기지는 헬기장과 최신 기상 관측 장비 44종 108점이 설치 운영되고 있으며, 이어도 해양과학기지에 설치된 모든 해양 및 기상, 환경관측시스템은 자동 무인체제로 운영되고 있으며, 관측된 자료는 무궁화 5호 위성을 통해 실시간으로 전송된다.

이어도 종합해양과학기지는 태풍 예측을 비롯하여 황사, 오염물질, 에어로졸 대기 물질 이동 추적 등 다양한 분야에서 중요한 의미를 지니고 있으며, 첨단 과학기지로 우리나라 기후, 해양 연구 수준을 몇 단계 상승시켰다는 평가를 받고 있다.

2) 이어도 종합해양과학기지 방문행사 관련 자료 사진

국립해양조사원 선박으로 이어도기지 출발

창밖으로 보이는 이어도 해양과학기지

웅장한 위용을 자랑하는 철골 구조물

접안을 위해 대기 중인 연구원들

제3부

이　　어　　도
문　　화　　와
노　　　　　래

1. 내가 아는 '이어도 사나'

1) 김시옥 (80) – 서귀포시 동일1리(2015년 7월 4일 촬영)

'이어도 사나' 노래는 해녀(20대)로 물질을 나갈 때 불러보았지만 지금은 세월이 오래되어서 '이어도 사나' 부분만 알고 있고, '이어도 사나' 노래 전체는 잊어버렸다. '이어도 사나 노래'는 힘든 물질을 나갈 때 주로 불렀고, 맷돌을 돌릴 때도 불렀다.

2) 마늘 작업하는 부부 – 서귀포시 대정읍(2015년 7월 4일 촬영)

이어도에 대해 들어 본 적이 전혀 없다. 이어도에 대해서 대정 사람들은 안 가봤기 때문에 모른다. 이어도에 대해 이야기 할 사람인 할아버지들도 다 돌아가셨다. 제주시 같으면 알 만한 사람도 있을 수도 있다. '이어도 사나'노래는 들어봤다.

3) 고기원 (85) – 조천읍 조천리

‘이어도 사나’ 노래 부르는 게 같은 노래이면서도 다 틀리다. 자기가 힘들어서 좀 느리게 부르려 할 때, 일을 빠르게 하는 일을 할 때는 좀 빨리하고, 느리게 하는 일을 할 때는 노래 자체를 노래 자체를 힘있게 하면서 느리게 하는 방법이 있다.

노래 제목은 하나이면서도 여러 가지로 갈라서(감정에 따라) 부를 수 있는 게 ‘이어도 사나’ 노래다.

4) 북촌리 주민

이어도(이상향)에 목적을 두고 노래를 부르면서 자기 생활에 고달픔을 잊기 위해 말로 하소연하면서 기운을 북돋아 주는 노래였다.

5) 대평리 주민

　배 타고 나갈 때 사람의 손으로 다 노를 저으면서 갔지. '이어도 사나'를 부르면서 나갔지만 그렇게 행복한 것은 아니었다.

6) 현덕선 (85) - 조천읍 북촌리

다려도에서 이쪽으로 그냥 오려고 하면 지치니까 노래를 부른 거지.
'이어도 사나' 그냥 소리가 아니다.(한숨)

이어도 사나~

이어도 사나~

무정세월~

가지를 말라~

청춘 늙어~

백발이로다~

어기여쳐라~

이어도 사나~

어기여차라~

7) 대평리 주민 2

이어도 사나 배 타고 나갈 때 노를 저으면서 '이어도 사나' 불렀다.

이어도 사나~

노를 젓고 어딜 가리~

진도바다~아

이어도 사나~

8) 강술생 (82) - 조천읍 조천리

이어도 사나~

앞 멍에난 들어낭 오라~

뒷 멍에난 나오랑 가라~

이어 이어 이어도 사나~

9) 구좌읍 행원리 주민

이어도 사나~

이어도 사나~

요노통(?)에~

뭣을 먹고~

뚱까뚱까~

한통을 먹었느냐~

지름통을 먹었느냐~

뚱까뚱까~

우리네 형제 삼 형제가~

들어사면~

누(?)도 많고 등(?)도 많네

이어도 사나

제4부

이 어 도
문 화 와
생 활

1. 이어도 상호의 사용

생활 속에서 자주 접하게 되는 것 중의 하나가 상호일 것이다. 상호에서 '이어도'를 사용하게 되면 자연스럽게 이어도 문화가 계승된다. '이어도' 상호는 생각보다 많이 사용하고 있어 다행스러운 일이다.

네이버에서 '이어도'를 검색한 결과(2022.08.25.)를 보면 97개의 '이어도'가 들어간 상호를 확인할 수 있었으며, 제주 지역은 48개, 도외 지역은 49개의 상호가 검색되었다.

제주 지역에서 검색한 이어도 명칭이 들어간 업종은 노래연습장(1), 승마장(1), 돌봄센터(1), 아파트(1), 택시(1), 펜션(1), 기타(1), 낚시(1), 특산품(1), 청과(1), 자활센터(2), 편의점(2), 여행사(2), 유통(2), 식당(13), 도로명(7), 번지수가 들어가 있는 도로명(7) 등으로 도외 지역보다는 광범위하게 '이어도' 명칭이 사용되고 있었다.

서귀포 지역의 7개 지역(서호, 강정, 중문, 법환, 월평, 대포, 하원)에서 도로명으로 '이어도로'라는 명칭이 사용되고 있었고 번지가 들어가 있는 도로명도 7개가 검색되었다.

그밖에 네이버 '이어도' 검색에서 '이어도문학회', '이어도연구회'가 검색되지 않아, 이를 추가하여 제주 지역에서 '이어도' 명칭이 들어간 상호는 총 50개로 정리하였다.

1) 제주 지역 '이어도'가 들어간 상호 네이버 검색 결과 (2022. 08. 25)

업종	50	상호	비고
노래연습장	1	이어도노래연습장(제주 제주시 도두1동)	
승마장	1	이어도승마장(제주 서귀포시 성산읍)	
돌봄센터	1	제주이어도돌봄센터(제주 제주시 용담1동)	
아파트	1	이어도아파트(제주 제주시 삼양2동)	
택시	1	이어도점보택시(제주 제주시 삼양2동)	
펜션	1	이어도성(제주 서귀포시 색달동)	
기타	1	이어도컨트리클럽(제주 제주시 구좌읍)	
낚시	1	이어도낚시마트(제주 서귀포시 성산읍)	
특산품	1	이어도글로벌(특산물, 관광민예품, 제주 제주시 삼도2동)	
청과	1	이어도청과(제주 제주시 이도2동)	
부동산	2	이어도부동산(제주 서귀포시 동흥동) 이어도공인중개사(제주 서귀포시 동흥동)	
자활센터	2	제주이어도지역자활센터(제주 제주시 도남동) 제주이어도지역자활센터(제주 제주시 이도이동)	
편의점	2	이어도편의점(제주 서귀포시 서호동) CU 서귀강정이어도로점(제주 서귀포시 강정동)	
여행사	2	제주이어도투어(제주 제주시 노형동) 이어도 사나(여행사, 제주 서귀포시 표선면)	
유통	3	이어도유통(제주 제주시 노형동) 이어도고추(제주 제주시 이도2동) 이어도농수산(제주 서귀포시 남원읍)	

업종	50	상호	비고
식당	13	이어돈가 제주협재점(제주 제주시 한림읍) 이어도포크(제주 제주시 이호1동) 이어도전복해물전문점(제주 서귀포시 동흥동) 이어도횟집(제주 제주시 용담삼동) 이어도횟집(제주 서귀포시 중문동) 이어도식당(제주 서귀포시 표선면) 이어도한우(제주 서귀포시 안덕면) 이어도수산(제주 제주시 도두1동) 이어도수산(제주 서귀포시 중앙동) 이어도수산(제주 제주시 구좌읍)이어도바당(제주 제주시 이도1동) 이어도옥돔(제주 제주시 이도1동) 제주이어도어가(제주 제주시 건입동)	
도로명	7	이어도로(제주 서귀포시 서호동) 이어도로(제주 서귀포시 강정동) 이어도로(제주 서귀포시 중문동) 이어도로(제주 서귀포시 법환동) 이어도로(제주 서귀포시 대포동) 이어도로(제주 서귀포시 하원동) 이어도로(제주 서귀포시 월평동)	서귀포 '이어도로'
번지가 들어 있는 도로명	7	이어도로3**번길(제주 서귀포시 대포동길) 이어도로3**번길(제주 서귀포시 하원동) 이어도로1***번길(제주 서귀포시 서호동) 이어도로2**번길(제주 서귀포시 대포동) 이어도로4**번길(제주 서귀포시 월평동) 이어도로8**번길(제주 서귀포시 강정동) 이어도로1***번길(제주 서귀포시 법환동)	번지가 들어간 '이어도로'
문학단체	1	이어도문학회	https://cafe.daum.net/ieodo-munhak
학술단체	1	사)이어도연구회	www.ieodo.kr

2) 도외 지역 '이어도'가 들어간 상호 검색 결과 (2022. 08. 25.)

도외 지역에서 '이어도'가 들어간 명칭의 업종을 검색한 결과 49개가 검색되었으며 횟집 및 참치 등의 해산물을 취급하는 식당(47)이 대부분이었다. 그밖에 노래연습장(1), 공인중개사(1)로 제주 지역보다는 '이어도'라는 명칭이 협소하게 사용되고 있었다.

업종	49	상호	비고
노래연습장	1	이어도노래연습장(양산 삼호동)	
부동산	1	이어도공인중개사 사무소(담양 수북면)	
식당	47	이어도생선구이(서울 노원구 상계동) 이어도복어요리(울산 남구 달동) 이어도매운탕, 해물탕(광주 동구 소태동) 이어도생선회(영주 가흥동) 이어도생선회(대구 달서구 용산동) 이어도생선회(대전 서구 둔산동) 이어도활어회(대전 중구 유천동) 이어도회(서울 영등포구 여의도동) 이어도활어(양평 양평읍) 이어도일식당(아산 모종동) 이어도참치(서울 중랑구 면목동) 이어도참치 인덕원점(안양 동안구 관양동) 이어도참치 동수원점(수원 팔달구 인계동) E어도참치 인계점(수원 팔달구 인계동) e어도참치 수유점6호점(서울 강북구 번동) 이어도참치(인천 연수구 옥련동) 이어도참치 구로구청점(서울 구로구 구로동) 이어도참치(수원 팔달구 인계동) 이어도참치(부천 상동) 이어도참치(고양 일산동구 장항동)	

업 종	49	상 호	비 고
식당		이어도횟집(부산 수영구 광안동)	
		이어도횟집(포항 남구 오천읍)	
		이어도횟집(포항 북구 두호동)	
		이어도횟집(칠곡 왜관읍)	
		이어도횟집(인천 강화군 내가면)	
		이어도횟집(포항 남구 오천읍)	
		이어도회집(속초 중앙동)	
		이어도횟집(평택 현덕면)	
		이어도회센터(강진 마량면)	
		이어도포차(남양주 퇴계원읍)	
		이어도해물포차(진주 인사동)	
		이어도뚝배기(서울 강남구 도곡동)	
		이어도대게회타운(영덕 강구면)	
		이어도회관(정읍 칠보면)	
		이어도식당(성주 초전면)	
		이어도식당(인천 서구 마전동)	
		이어도칼치탕(대구 남구 대명동)	
		원조 이어도조개구이(대구 북구 복현동)	
		이어도대구탕(부산 동구 초량동)	
		이어도조개전골 시지광장점(대구 수성구 신매동)	
		동명이어도식당(속초 동명동)	
		이어도 동충하초꽃게장(부산 변안면)	
		이어도생선구이(가평 설악면)	
		이어도생선구이(서울 영등포구 문래동3가)	
		이어도한식(부산 기장군 정관읍)	
		이어도수산(수원 장안동 파장구)	
		이어도식품(대전 동구 대별동)	

3) 제주 서귀포에 있는 '이어도로' (네이버 검색 2022. 08. 25.)

서귀포에는 이어도로가 있다.

2. 이어도를 소재로 한 영화-〈이어도〉

〈이어도〉 영화 포스터(1977 제작)

이어도 촬영을 기념하여 설치된 표지석 (한경면, 2022.08.25 촬영)

김기영(1919~1998) 감독은 〈하녀〉, 〈충녀〉, 〈육식동물〉, 〈아스팔트〉, 〈병사는 죽어서 말한다〉, 〈렌의 연가〉, 〈파계〉, 〈이어도〉, 〈봉선화〉, 〈고려장〉, 〈느미〉, 〈수녀〉, 〈자유처녀〉, 〈바보사냥〉 등을 포함하여 수십 편의 영화를 제작하였는데 다른 감독이 쉽게 뛰어넘지 못한 장르를 개척한 선구적 감독으로 평가받고 있다.

소설가 이청준 원작인 〈이어도〉 영화의 줄거리를 그대로 옮겨 본다.

관광회사 기획부장인 선우 현은 건설 중인 제주도 관광호텔의 홍보를 맡아 첫 사업으로 신비의 섬 이어도에 대한 선전을 준비한다. 우선 이

어도의 실존 여부를 조사하기 위한 탐사에 나선 선우 현은 동행을 자청한 기자 천남석과 함께 이어도에 도착한다. 그러나 이어도에서의 첫날천 기자가 실종되면서 선우 현은 뜻밖의 상황에 휘말리게 된다. 그의 죽음에 책임을 느낀 선우 현은 천 기자의 집이 있는 파랑도를 찾아가고, 그곳 술집 작부 손민자로부터 독신이었던 천 기자에게 숨겨둔 애인이 있었다는 이야기를 듣는다. 천 기자의 실종 사실을 전해 들은 손민자는 선우현이 체험한 기이한 현상을 자신은 전적으로 믿는다고 말한다. 손민자의제안으로 선우 현은 이어도에서 사라진 사람들을 모시는 사당으로 가 천기자의 명복을 빌어 준다는 미스터리 영화다.

영화 〈이어도〉(Io Island, 異魚島, 1977)를 촬영한 장소를 기념하여 설치된 기념물은 한국영상자료원 제주도 북제주군(현 제주특별자치도 제주시)에서 주관하고 문화관광부, 한국마사회, 한국관광공사 후원으로 2002년 11월 3일에 이어도 영화를 촬영했던 장소인 차귀도가 보이는 한경면 해안에 설치되었다.

'이어도 영화 촬영 기념 표지석'에는 "전설의 섬 이어도를 배경으로 인간의 생존본능과 환경문제를 다룬 이 영화는 김기영이 감독하고 정일성이 촬영했으며 이화시, 최윤석, 박정자 등이 출연했습니다. 이 작품은 1970년대 한국 영화의 대표작으로 평가받고 있습니다"라고 쓰여 있다.

1970년대 한국 영화 대표작으로 평가받고 있는 이어도 영화가 제주에서 촬영되었다는 사실이 제주 도민의 한사람으로서 참 감사하다는 마음이 들었다.

이어도 영화 촬영 기념 표지석이 제주도 본섬과 조금 떨어져 있는 차귀도 해안을 배경으로 설치되어 있는데 이어도를 상상해 볼 수 있는 멋진 장소이다. 제주 도민들이나 관광객들이 좀 더 '이어도 영화 촬영 기념 표지석'이 설치된 곳에서 제주인의 이상향 이어도에 대한 의미를 생각해 보고 대한민국 국민으로서 애정과 관심을 두는 계기가 되길 바란다.

만약 제주문화를 탐방하는 프로그램의 하나로 이어도와 관련된 '(가칭)이어도 문화탐방' 프로그램을 만들게 된다면 이어도와 관련한 유형의 문화자산으로써 이곳은 필수코스가 되어야 할 것이다. 이어도는 제주도와 가장 밀접한 무형문화 자산이지만 유형문화 자산으로써 눈으로 직접 존재를 확인할 수 있는 기념물은 매우 드물기 때문이다.

그다음으로 고동지와 여돗할망의 이야기와 직접 연결 지을 수 있는 '장귀동산당터'는 매우 귀중한 무형문화유산으로서의 가치가 있는 장소로 보존되어야 할 것이다.('장귀동산' 172페이지 참조)

제5부

이 어 도

문 화 와

문 학

1. 문학적 소재로서의 이어도

문학은 다양한 예술 활동의 원천적 자료의 역할을 한다. 이어도는 이러한 문학 작품의 소재로서 제주 문학과 나아가서는 한국 문학을 풍요롭게 할 수 있을 것이다. 이어도를 소재로 한 문학창작활동을 하는 것은 '이어도'를 독자들에게 접하게 한다. 이러한 기능이 있어 문학은 '이어도 문화'를 후대에 계승하게 하는 중요한 역할을 하게 된다.

문학적 소재로서 이어도는 다양한 형태로 사용된다. 이청준의 「이어도」에서는 구체적인 모습이 나타나지 않으나 위치의 중요성을 중심으로 전개된다.

최근에는 좀 더 다양한 모습의 창작 소재가 되고 있다. 강병철의 「이어도 만물상」에서는 신비한 능력을 지닌 인물들이 이어도에 거주하면서 세상으로 나와 특별한 능력을 지닌 물건들을 이용하여 기이한 경험을 하게 하는 전개를 보여주고 있다.

2. '이어도문학회'의 결성과 활동

이어도는 제주 도민의 전설과 민요에서 나오는 피안의 섬으로 해남 가는 해로의 중간에 있으며 이어도에 표류한 어부들은 고향을 잊고 행복하고 풍요롭게 잘살게 되는 것으로 알려져 있다.

지난 1995년부터 해양수산부가 마라도 서남쪽 149㎞ 해역에 이어도의 종합해양과학기지 건설을 시작해 8년여 만인 2003년 6월 10일 완공하면서 이어도는 좀 더 실재적인 모습을 보여 주고 있다. 파고가 10m 이상이 돼야 볼 수 있는 이어도 수중 암초는 문학인들에게 좋은 창작 소재가 되고 있다.

이어도를 소재로 한 문학창작활동을 하는 대표적인 문학단체는 '이어도문학회'이다. '이어도문학회'는 회원들이 문학적 성과를 통하여 이어도와 해양에 대한 국민들의 사랑과 관심을 고양하기 위한 목적으로 2012년 1월 27일 창립하였다. 양금희 시인이 초대 회장으로 선출되었고 유안진 시인을 비롯한 저명 원로시인들과 전국의 시인들 100여 명이 함께하였다. 이들은 이어도를 소재로 한 문학 작품을 창작하는 것을 가장 중요한 목표로 설정하였다.

'이어도문학회'는 이어도를 소재로 창작활동을 하는 등단한 문인이라면 누구나 조건 없이 회원으로 가입하고 탈퇴를 할 수 있다. 이어도문학회는 비영리단체로 다음 포털에서 '이어도문학회' 카페를 운영하고 있다.

1) 이어도와 해양 이익 수호에 나선 '이어도문학회' 창단 (2012. 1. 27.)

'이어도문학회'는 이어도를 소재로 한 문학창작활동을 하며 회원들이 문학적 성과를 통하여 이어도와 해양에 대한 국민들의 사랑과 관심을 고양하기 위한 목적으로 창단되었다.

이어도는 제주인들의 삶에 깊이 녹아 있어서 우리 수역에 속하여야 한다는 당위성이 있음에도 불구하고 아직 중국과의 배타적 경제 수역 획정이 되지 않아 우리나라가 주장하는 중간선으로 획정되어 우리의 배타적 경제 수역에 이어도가 속하게 하기 위해서는 전 국민적인 관심과 애정이 필요한 상황이다.

이어도문학회는 2012년 1월 27일 오후 2시 제주시 노형동 소재 제주인뉴스 회의실에서 창립총회를 개최하여 회칙을 통과시키고 총회에서 양금희 시인을 회장으로 선출하였고 윤종남 시인, 양은하 시인을 부회장으로 최미경 수필가를 사무국장으로 임명하였다.

▲ 이어도문학회 임원단

창립총회에서 양금희 회장은 앞으로 '이어도문학회'를 발전시키며 회원들과 함께 이어도를 소재로 적극적인 문학 창작활동을 펼쳐서 문화의 힘으로 우리 해양 이익을 수호하는데 혼신의 힘을 다하겠다고 포부를 밝혔다.

2) '이어도의 날' 조례 제정을 위한 간담회 (2012년 5월 25일)

'이어도의 날' 조례 제정을 위한 간담회가 2012년 5월 25일 오전 11시 도의회 교육위원회 회의실에서 개최되었는데 간담회 자리에는 제주도의회 강경찬, 박규헌 의원을 비롯하여 (사)이어도연구회, 이어도문학회, 제주학연구센터, 평화협력과, 투자유치과, 문화정책과, 해양개발과, 제주해양경찰서, 제주지방경찰청이 참석했다.

이날 간담회는 제주도의회 행정자치위원회 박규헌 의원과 교육위원회 강경찬 의원이 '이어도의 날' 조례 제정과 관련하여 공동발의에 앞서 각계각층의 의견을 수렴하기 위해 마련한 것으로 간담회에서는 이어도의 명칭과 관련하여 '이어도 향제', '이어도 문화의 날', '이어도 해양문화의 날' 등의 다양한 의견이 제시되었으며, "조례 제정 시기가 이르다"는 입장도 제기됐다.

3) 제주시사랑회 정기 시낭송회 (2012년 5월 31일)

제주시사랑회(회장 김장명)가 주최하고, (사)이어도연구회(이사장 고충석) 및 이어도문학회(회장 양금희), 제주인뉴스(대표이사 강병철)가 공동 후원하는 제82번째 제주시사랑회 정기 시낭송회가 2012년 5월 31일(목) 오후 7시에 산지천 해상호에서 개최되었다.

5월 시낭송회는 이어도를 소재로 문학창작활동을 하며 회원들의 문학적 성과를 통하여 이어도와 해양에 대한 국민들의 사랑과 관심을 고양하기 위한 목적으로 설립된 '이어도문학회' 회원들의 이어도와 관련된 시들을 중심으로 낭송되었다. 첫 번째 낭송으로 이어도를 찾아서-유안진 시 / 김정희 낭송, 이어도가 보일 때는-양금희 시 / 홍미순 낭송, 이어도 그리고 기다림-김은숙 시 / 관객 낭송, 이어도를 만나다-오양심 시 / 김영희 낭송, 이어도-할머니의 전설-김양숙 시 / 문선희 낭송, 이어도-서석조 시 / 이어도-윤종남 시 / 이어도 사세-양점숙 시/환상, 혹은 이어도-이희정 시 등이 낭송가와 관객 등이 함께 낭송하는 시간으로 마련되었다.

그 밖에 '이어도문학회' 회원 외 시로 제주문인협회 김길웅 회장의 '이어도'를 관객이 낭송하는 것을 비롯하여, 환생하는 섬(파랑도)-김용길 시 / 손희정 낭송, 이어도-고은 시를 김장명 회장이 낭송하며, 특별 출연으로 뚜럼 브라더스가 이어도와 관련된 시를 노래로 선보였다.

제주시사랑회는 시낭송과 관련하여 "태우 위에서 노 저어 부르던 이어도 사나가 아직도 남아 바다가 노래할 때마다 후렴구를 넣으며, 꿈을 품은 전설이 오늘 시로 되살아 전설과 현실의 간격을 허물고 있다"며, "이어도를 다시 노래하게 된 것을 기쁘게 생각한다"고 밝혔다.

4) 가곡 〈이어도〉와 대중가요 〈이어도가 답하기를〉 발표 (2012. 12.)

제주 사람들의 이상향이면서 중국의 영유권 주장으로 논란을 빚고 있는 '이어도'를 주제로 한 가곡 〈이어도〉와 대중가요 〈이어도가 답하기를〉 등 2곡이 9일 제주에서 발표됐다.

이 2곡은 사단법인 이어도연구회(이사장 고충석)가 우리나라 대중음악계의 거장 김희갑·양인자 씨 부부에게 작곡·작사를 맡겨 만든 것이다. 이어도연구회 주최로 오후 7시 제주시 제주대 아라뮤즈홀에서 열린 '이어도 음반 제작 기념 콘서트'는 추운 날씨에도 많은 제주 도민들이 찾아 이어도에 대한 높은 관심을 보여줬다.

가곡 〈이어도〉는 성악가 김성록(테너), 권순동(바리톤), 김호중(테너) 씨가 노래했고, 가요는 〈타타타〉로 알려진 가수 김국환 씨가 불렀다. 콘서트에서는 또 제주어로 노래를 부르는 '뚜럼브라더스'가 고은 시인의 「이어도」와 유안진 시인의 「이어도를 찾아서」, 서석조 시인의 「이어

▲ 왼쪽부터 김희갑 작곡가, 양인자 작사가, 고충석 이어도연구회 이사장, 김병찬 전 KBS 아나운서

▲이어도 시화전

도」, 양금희 이어도문학회회장의 「이어도가 보일 때는」 등 이어도를 주
제로 한 시를 노래로 선보였다.

5) 이어도를 주제로 한 시화를 전시 (2013년 5월 11일)

이어도문학회(회장 양금희)는 이어도를 소재로 한 문학 창작활동을 하
며 회원들이 문학적 성과를 통하여 이어도와 해양에 대한 국민들의 사
랑과 관심을 고양하기 위한 노력의 일환으로 5월 11일 시화전을 개최
하였다.

양금희 회장과 최미경 사무국장은 한국문인협회 제주특별자치도지회(회장 김순이)에서 주최한 '2013 제주문학동인축제'에 참여하여 5월 11일 오전 10시부터 제주시 산지천 분수대 광장에서 이어도를 주제로 한 시화를 전시하여 시민들의 관심을 끌었다.

특히, 〈이어도가 답하기를〉이라는 양인자 작사가의 노랫말도 전시되어 주목을 받았으며 양금희 회장의 「이어도에서 부는 바람」 외에 김순이 시인의 「이여도」, 윤종남 시인의 「이어도」, 김은숙 시인의 「이어도 그리고 기다림」 외에도 다수의 작품이 전시되었다.

시화전과 관련하여 이어도문학회 양금희 회장은 "향후에도 지속적으로 이어도에 대한 국민들의 관심과 사랑을 고양시키기 위한 활동을 펼쳐나가겠다"면서 펜의 힘으로 이어도를 지키겠다는 포부를 밝혔다.

6) 중국 방공식별구역에 관한 공동 성명 (2013년 11월 23일)

중국이 2013년 11월 23일 선포한 방공식별구역에 이어도 상공을 포함시킨 것과 관련, 이어도 관련 5개 단체들이 26일 공동 성명을 내고 강한 유감을 표명하고 나섰다.

이어도포럼(대표 김세원 · 고충석 · 박용안), 이어도해양아카데미 원우회(회장 신영근), 이어도청년지킴이(회장 이성재), 이어도를 사랑하는 모임(회장 홍영철), 이어도문학회(회장 양금희) 등 5개 단체는 공동성명을 통해 "이번 선포가 우리나라와 사전 협의 없이 이뤄진 것이므로, 당연히 우리는 인정할 수 없다"면서 "우리 정부와 마찬가지로 중국 정부에 대하여 엄중한 유감의 입장을 보낸다"고 밝혔다.

▲이어도 종합해양과학기지

　이들 단체는 방공식별구역은 국제법적으로 관할권을 인정받지는 못하지만 타국 항공기가 이 구역에 들어오려면 사전에 통보를 해야 하고, 통보하지 않는다면 최악의 경우 군사적 충돌까지 일어난다는 점에서 영향력을 무시할 수 없다고 주장했다.

　이어 이들 단체는 "이어도 관할권이 우리에게 있는 만큼 방공식별구역은 분명히 조정돼야 한다"며 "향후 정부가 일본과 협의를 거쳐 이곳을 우리 상공식별구역에 편입해야 한다"고 덧붙였다.

단체는 "향후 이어도에 대한 국가·국민적 관심을 늦추지 말아야 한다"며 "이번 사태를 계기로 이어도의 가치를 고취시킬 수 있는 다각적인 대책이 마련돼야 할 것"이라고 강조했다.

7) 『이어도문학』 출간 (2014. 11월)

이어도를 소재로 한 문학적 성과를 통해 이어도와 해양에 대한 국민들의 사랑과 관심을 고양하기 위한 목적으로 지난 2012년 결성된 이어도문학회(회장 양금희)가 이어도를 소재로 한 문학 작품집 『이어도문학』을 출간했다.

『이어도문학』에는 한국 문단의 기라성 같은 문인들의 작품들이 실려 있다. 유안진, 이근배, 이우걸 시인 등의 시작품 외에도 수필과 소설 작품들을 만나볼 수 있다.

이어도문학회 양금희 회장은 발간사에서 『이어도문학』이 세상에 나오게 됨을 기뻐하며 "옥고를 보내준 이어도문학회 회원 여러분들의 노고를 치하하며 아낌없는 찬사와 존경을 보낸다"고 전했다.

이어도 연구회 고충석(전 제주대 7대 총장 전 국제대 총장) 이사장은 축하의 글에서 "열악한 환경에서도 이어도에 대한 사랑과 나라 사랑하는 마음으로 '이어도문학회지'를 세상에 나오게 하도록 노고를 아끼지 않은 양금희 회장님을 비롯한 이어도문학회 회원들에게 아낌없는 찬사를 보낸다"고 격려했다.

8) 이어도문학 제2대 회장 김필영 시인 취임 (2015년 12월 14일)

전국적인 회원가입 활성화. 현대시인협회와 한국시문학문인회 등을 중심으로 이어도문학회 활동에 대한 문학단체 홍보활동 전개함. 제1회 이어도문학상 공모 및 심사 시상식 참여

9) 제3대 회장 김남권 시인 취임 (2020년 5월 1일)

박명현, 박남주 시인 등 문인들 회원 가입 권유. 서울, 경기, 강원, 충청권 회원 가입 유도, 『이어도문학』 발간을 위한 필진 구성

10) 제4대 회장 강병철 소설가 회장 취임 (2021년 7월 1일)

김남권 문학상 운영위원장과 김필영 전 회장의 협력으로 제2회 이어도문학상 시상식 개최. 2021년 12월 25일 이어도문학회가 편집하여 『이어도문』 제2호를 이어도연구회에서 발간. 2022년 6월 26일 장한라 부회장이 총괄 진행으로 '2022년 이어도문학회 시낭송회' 개최

11) 제5대 회장 장한라 시인 회장 취임 (2022년 7월 01일)

김남권 이어도문학상 운영위원장과 장한라 회장 제3회 이어도문학상 시상식 개최

3. 이어도를 소재로 한 문학 작품들

◎ 1944년 이어도 소재로 가장 먼저 나온 소설 이시형 「이어도」

◎ 1960년 도외 소설가 정한숙 「YEU도」 발표

◎ 1970년 고은 시인 이어도를 도민의 이상향으로 정리 「제주도」

◎ 1974년 소설가 이청준 「이어도」 저술(영화, 드라마로 제작)

◎ 2009년 이어도연구회 『또 하나의 제주섬, 이어도』 발간

◎ 2012년 이어도문학회 다수의 문학인들 '이어도' 관련 시 · 소설 발표

◎ 2014년 강병철 소설가 단편소설 「이어도로 간 어머니」

→ 제11회 문학세계 문학상 소설 부문 대상 수상

◎ 2014년 이어도연구회 제1호 『이어도문학』 발간

◎ 2017년 김남권 시인 「이어도 행, 열차를 꿈꾸다」

→ 제1회 이어도문학상 대상

◎ 2017년 양금희 시인 『이어도, 전설과 실존의 섬』 시집 출간

→ 제2회 이어도문학상 대상 수상

◎ 2021년 이어도연구회 제2호 『이어도문학』 발간

◎ 2022년 송영일 시인 「파랑도를 읽다」

→ 제3회 이어도문학상 대상 수상

◎ 2022년 이어도문학회 제3호 『이어도문학』 발간

4. 언론으로 본 이어도 문학

강병철 소설가, 제11회 '문학세계문학상' 수상
이어도 소재로 한 작품으로 소설 부문 대상 영예 안아

강병철 소설가가 문화체육관광부 선정 우수콘텐츠잡지(2014)인 월간 《문학세계》에서 문학의 세계화와 대중화를 선언하고 21세기 글로벌 문학을 선도하기 위해 공모한 '문학세계문학상'에 이어도를 소재로 한 단편소설 「이어도로 간 어머니」를 응모, 소설 부문 대상의 영예를 안았다.

강병철 소설가는 장편소설 『푸른소』, 중단편집 『지배자』를 출간했고, 「제노사이드 예방학」, 「정치적 이슬람의 미래」를 공동 번역 한 바 있다.

강 소설가는 2012년 제주대학교에서 「동북아 다자간안보협의체 구상과 실현 방안에 관한 연구-'헬싱키프로세스'의 함의와 '제주프로세스'에의 적용을 중심으로」라는 주제로 정치학 박사 학위를 취득한 후 '한국학술정보'에서 '내일을 여는 지식 정치 시리즈57'권으로 『동북아 다자안보협의체를 위한 새로운 도전: 제주프로세스 구상』을 출간했으며 공저로 『제주4.3연구의 새로운 모색』(제주 : 제주대학교출판부, 2013),

『이어도 : 해양분쟁과 중국 민족주의』(파주:한국학술정보, 2013) 등이 있다.

　그는 제주대학교평화연구소 특별연구원, (사)이어도연구회 연구실장을 역임하고 현재 제주대학교 정치외교학과 시간 강사 및 충남대학교 국방연구소 연구교수, 이어도연구회 연구위원으로 활동하고 있다.

　또 국제펜투옥작가위원으로서 신장위구르 자치 구역의 대표적인 위구르족 작가 중의 한 명인 누르무헴메트 야신(Nurmuhemmet Yasin)의 『야생 비둘기(WILD PIGEON)』를 번역해 우리나라에 소개한 바 있으며 2011년 3월 30일 집권층을 비판하고 투명성을 요구하다가 체포된 바레인의 투옥작가 아야트 알-고르메지(Ayat Al-Gormezi, 20)의 아랍어 작품「칼리파(Khalifa)」를 기아스 알룬디(Ghias Aljundi)와 밋첼 알버트(Mitchell Albert)가 영역한 것을 번역해 소개하기도 했다.

　이 밖에도 '카사블랑카의 라치드 니니(Rachid Nini)'. '티베트의 타시 랍턴', '바레인의 자이나브 알-카와자(Zainab Al-Khawaja)', '카메룬의 에노 메이오메쎄(Enoh Meyomesse)' 등 다수의 투옥작가들을 소개해 왔다.

　제33대 국제펜클럽한국본부 인권위원이자 국제펜 투옥작가회(INTERNATIONAL PEN WRITERS IN PRISON COMMITTEE) 위원으로 활동했으며 2013년 제34대 국제펜클럽한국본부 인권위원으로 재선임되어 국제펜 투옥작가회(INTERNATIONAL PEN WRITERS IN PRISON COMMITTEE) 위원으로 계속 활동하고 있다.

출처 : 서귀포신문(http://www.seogwipo.co.kr)

김남권 시인
제1회 이어도문학상 대상 수상

월간《시문학》등단, 이어도문학상 대상 수상

강원아동문학상 수상, 한국현대시인협회 회원, 강원작가 회원

한국시문학문인회 사무국장, 강원아동문학회 이사, 솔바람동요문학
회 회원

한국장학재단 멘토, 계간《문예감성》주간, 시집『발신인이 없는 눈
물을 받았다』외 9권

동시집『1도 모르면서』외1권, 시낭송 이론서『마음치유 시낭송』외
2권

출처 : 복지TV충북방송 ms-2556344@naver.com

양금희 시인, 두 번째 시집
『이어도, 전설과 실존의 섬』

양금희 시인이 지난 2009년 출간한 시집 『행복계좌』에 이어 8년 만에 『이어도, 전설과 실존의 섬』을 출간했다.

『이어도, 전설과 실존의 섬』은 제1부 '풍경의 틈을 엿보다', 제2부 '이어도, 전설과 실존의 섬', 제3부 '마음의 도화지에 그리다', 제4부 '자연과 사물의 어깨너머'로 채워져 있다.

그는 시인의 말에서 "가족과 대자연, 제주섬과 이어도, 평생을 사랑해야 할 소중한 존재"라면서 "우겨 말하지 않아도 진실이라는 하늘은 손바닥으로 가릴 수 없음을 믿는다. 이어도가 그렇고, 시가 그렇다"고 밝히고 있다.

김필영 문학평론가는 1부 '풍경의 틈을 엿보다'에 대해 "양금희 시인이 진리를 발견하려는 시도는 자신의 내면에 끊임없이 뿌리내리려는 관념의 지배를 방임하지 않고 떨쳐내며 대자연을 통찰하며 그 이면의 틈이라도 놓치지 않고 바라보려고 스스로를 낮추는 겸허의 자세에서 쉼 없이 시도된 것으로 여겨진다. 1부에 시적 대상으로 포착된 것들 즉 풍경, 바람, 꽃, 햇살, 풀벌레, 담쟁이, 새, 청산 등 대부분 대자연의 존재를 그 대상으로 삼고 있음을 볼 때 그 의도를 가늠할 수 있다"고 평하고 있다.

2부 '이어도, 전설과 실존의 섬'에서는 현재 제주에 살아오고 있는 각

계각층의 사람들을 직접 인터뷰한 것을
시의 형식을 빌려 10편의 시편을 더하
여 함께 엮었는데 인터뷰를 한 사람들은
이어도를 실존하는 것으로 인식하는 사
람들과 전설상의 섬으로 인식하는 사람
들로 양분할 수 있었다.

그들은 '이어도'가 과거에서 현재까지
제주인의 전통과 민속과 신앙 속에 그
당시마다 어떻게 현실로 존재해 왔으며,
실제적 삶 속에 역사적·지리적으로 점
유하고 있는 사실성에 이르기까지 전 과정을 자신의 체험과 어머니나
조상들의 삶에 투영하여 밝혀주고 있었다.

3부 '마음의 도화지에 그리다'는 자연의 섭리에 따라 바람이 불고, 꽃
이 피고, 풀벌레 소리가 들리는 밤이 있고, 새들이 허공에 길을 열어 창
공을 날아가는 대자연이 펼쳐준 공간에서 불완전한 인간이 긍정적으로
순응하는 관찰자로 등장하고 있다.

4부의 시편들은 "자연과 사물의 어깨 너머로 관찰한 사유의 결과물"
로서 4부에 등장하는 시편들도 큰 범주에서는 대자연의 일부이나 바라
보는 관점이 1부의 시편들은 대자연의 틈을 보았다면 4부의 시편들은
자연과 사물의 어깨 너머로 관찰한 사유의 결과물이라고 할 수 있다.

양금희 시인은 2004년 《서울문학》 시 등단, 시집 『행복계좌』 발간,
'이어도문학회' 회장 역임, 〈제주인뉴스〉 편집국장 역임, 〈제주투데이〉
논설위원, 제주국제협의회 부회장, (사)이어도연구회 연구위원, 제주대

학교 제주씨그랜트센터 연구원으로 활동하며 동시에 제주대학교 사회과대학 정치외교학과 박사 과정을 밟고 있다.

논문은 「남중국해 갈등과 '항행의 자유' 작전」(『한국해양안보포럼 E-저널』 제4호-10월. 2015), 「남중국해 갈등과 수중드론(underwater drone)의 배치」(『한국해양안보포럼 E-저널』 제12호-06월, 2016), 「남·북한 민주화 비교정치와 민주화 요인들」(『사회과학연구』 제7권 제2호, 2016) 등이 있다.

출처 : 제주인뉴스(http://www.jejuinnews.co.kr)

양금희 시인, 제2회 이어도문학상 대상 수상

이어도문학상운영위원회(위원장 김남권 시인)는 6일 제2회 이어도문학상 수상자를 발표했다.

대상은 양금희 시인의 작품(시집)『이어도, 전설과 실존의 섬』, 금상은 박성미 시인의 작품(시)「이어도, 살아있는 그 섬에 닿고 싶다」, 은상은 권은중 시인의 작품(시)「이어도는 결코 잠들지 않는다」이다. 동상은 장한라 시인의 작품(시)「이어도 묵시록」과 김진순 시인의 작품(시)「고래의 노래를 들었단다」등이다.

대상은 200만 원의 상금을 받으며 금상은 100만 원, 은상은 50만 원, 동상은 30만 원이다.

심사위원들은 응모작품 중에 이어도에 다녀온 열정적 체험을 바탕으로 시적 상상력을 맛깔나게 가미하여 시집 한 권을 발간한 양금희 시인의 시편들이 주목을 받았다.

"현실파고 높을 때 / 제주 사람들은 / 이어도를 노래하면서 / 이어도를 부르면서" "사랑을 키웠다"라는 진정성 있는 시에서 보듯 삶의 지극한 부분까지 들여다본 사유나, 해양과학기지 갑판에서 맞는 바람을 온몸으로 느끼며 '제주에 불어오는 바람'이라는 표현에서 제주와 이어도의 전설적 관계를 초월하여 거짓 없는 대자연으로 제주섬과 이어도를 연결한 표현을 이어도에 대한 깊은 애정과 함께 높이 샀다.

제1회 이어도문학상 대상은 2017년 김남권 시인이 「이어도 행, 열차를 꿈꾸다」로 받았으며 제2회 이어도문학상 대상 수상작으로 양금희 시인의 「이어도, 전설과 실존의 섬」이 선정됐다.

양금희 시인은 2009년 출간한 시집 『행복계좌』에 이어 8년 만에 두 번째 시집으로 『이어도, 전설과 실존의 섬』을 시문학사에서 펴냈는데 이번에 대상을 받게 되었다.

양금희 시인은 2004년 《서울문학》 시 등단, 시집 『행복계좌』 발간, 이어도문학회 회장과 〈제주인뉴스〉 편집국장 역임, 〈제주투데이〉 논설위원, 제주국제협의회 부회장, (사)이어도연구회 연구위원, 제주대학교 제주씨그랜트센터 연구원으로 활동하기도 했다.

제주대학교 사회과대학 정치외교학과 박사 과정을 수료하였으며 제주국제대 특임교수를 역임하고 현재 제주대학교 사회과학연구소 특별연구원으로 활동하고 있다.

양금희 교수의 논문으로는 「남중국해 갈등과 '항행의 자유' 작전」(『한국해양안보포럼 E-저널』 제4호(10월) 2015), 「남중국해 갈등과 수중드론(underwater drone)의 배치」(『한국해양안보포럼 E-저널』 제12호. 06월 2016), 「남·북한 민주화 비교정치와 민주화 요인들」(『사회과학연구』 제7권 제2호, 2016) 등이 있다.

출처 : 뉴스N제주(http://www.newsnjeju.com)

제2회 이어도문학상 대상
양금희 시집(이어도, 전설과 실존의 섬)

바람의 집, 이어도에서 불어오는 바람

양금희

보이지 않는 바람도 집이 있었네
제주에 부는 바람의 집이 이어도였음을
해양과학기지 갑판을 찾아와 느껴보네
눈을 감고 그 바람을 온몸으로 마시네
제주여인의 한을 달래주던 제주바람이
이어도에서 맞는 바람과 똑같은 바람이네

역사의 벌판에서 불어 닥친
무자년 사월의 통곡과 흐느낌도,
떨어지는 동백의 사무친 아픔도,
이어도바람에 눈물말리며 이겨 내었네

세찬 바람에 산 같은 파도 넘실거려도
오랜 기다림의 섬, 이어도를 꿈꾸며

돌과 바람과 여인들의 그리움이 맺힌 땅을
선조들은 탐스런 이어도로 가꾸어내었네

"이어도 사나" 부르며 이어도로
제주해민의 노 젓던 구릿빛 팔뚝처럼
해양과학기지를 받치는 철기둥 위에
튼실한 첨탑갑판 연꽃처럼 피었네

이제, 이어도는 바다로 나아가는 관문
거칠 것 없는 대양이 우리를 부르네
바람의 집, 이어도에서 불어오는 바람
한라산기슭 초록잎들 환호하듯 나부낄 때
대한의 그 바다, 그 섬, 이어도를 넘어
우리 함께 오대양 육대주로 나가라 하네
이어도가 있어, 번영과 풍요가 온다하네.

제2회 이어도문학상 시상식 개최

양금희 시인 대상 수상. 영예금상 박성미, 은상 권은중, 동상 장한라, 김고니 시인 수상

제2회 이어도문학상 시상식이 지난 16일 서울 한국인성개발원 석세스룸에서 개최됐다.

이어도문학상 운영위원회(위원장 김남권), 계간 《문예감성》(발행인 황인수), 제주도민일보(대표이사 성일승)가 공동주최한 공모전에서 제주 출신의 양금희 시인이 대상의 영예를 안았고 제주에서 활동하고 있는 장한라 시인이 동상을 받았다.

이날 시상식에는 금상 박성미, 은상 권은중, 동상 김고니 시인에 대한 시상과 함께 제20회 계간 《문예감성》 신인문학상 시상식도 개최되어 이어도의 의미를 확산시켰다.

김필영(이어도문학회 2대 회장)시인은 심사 경위 보고에서 21세기 해양주권 시대에 우리 해양 영토 이어도의 역사적 근거를 마련하는 중요한 역할을 문학인들이 하고 있다고 의미를 부여했다.

이어도문학상 수상 작품은 계간 《문예감성》 겨울호와 『이어도문학』에 수록되어 전국에 배포될 예정이다. 이어도문학은 사단법인 이어도연구회에서 발간할 예정이다.

대상을 수상한 양금희 시인은 《서울문학》과 《시문학》에서 시로 등단

하여 시집 『행복계좌』, 『이어도 전설과 실존의 섬』을 발간했다. 이어도 문학회 회장과 〈제주인뉴스〉 편집국장, 〈제주투데이〉 논설위원, 제주 국제협의회 부회장, (사)이어도연구회 연구위원, 제주대학교 제주씨그 랜트센터 연구원으로 활동하기도 했다. 제주대학교 사회과대학 정치 외교학과 박사과정을 수료하였으며 제주국제대 특임교수를 역임하고 현재 〈뉴제주일보〉 논설위원, 제주대학교 사회과학연구소 특별연구원 으로 활동하고 있다.

양금희 교수의 논문으로는 「남중국해 갈등과 '항행의 자유' 작전」 (『한국해양안보포럼 E-저널 제4호-10월. 2015), 「남중국해 갈등과 수중드론 (underwater drone)의 배치」(『한국해양안보포럼 E-저널』 제12호-06월. 2016), 「남북한 민주화 비교정치와 민주화 요인들」(『사회과학연구』 제7권 제2호, 2016) 등이 있다. 〈이어도 문화를 찾아서〉 동영상을 유튜브에 게재하고 있으며 『이어도 문화의 계승 발전을 위한 정책연구보고서』를 공동으로 저술하기도 하여 학문적으로도 이어도에 관한 업적을 쌓아가고 있다.

이어도문학회에서는 이어도 해양 영토의 중요성을 국민에게 알리기 위하여 더욱 활발한 이어도문학 활동을 펼칠 계획이다.

출처 : 채널제주(http://www.channeljeju.com)

양금희 시인,
이어도문학상 대상 시상금 200만 원 기탁

양금희 시인은 10월 19일 적십자사 회장실에서 제2회 이어도문학상
대상 시상금 200만 원을 대한적십자사제주특별자치도지사(회장 오홍식)
에 기탁했다.

지난 9월 양금희 시인은 이어도에 다녀온 체험을 바탕으로 시적 상상력을 발휘해 발간한 시집『이어도, 전설과 실존의 섬』으로 제2회 이어도문학상 대상을 수상했다.

　양금희 시인은 대상 시상금으로 받은 200만 원을 취약계층 지원을 위해 써달라며 적십자사에 전달했고, 적십자사는 위기가정의 주거비·의료비·생계비 등 긴급 지원을 위해 사용한다.

　양금희 시인은 "대상 시상금을 의미 있는 곳에 사용하게 돼 기쁘다"며 "앞으로도 지역사회 소외된 이웃을 위한 나눔 활동에 동참할 수 있도록 노력하겠다"고 소감을 말했다.

　양금희 시인은《서울문학》과《시문학》에서 시로 등단했으며, 〈이어도 문화를 찾아서〉 동영상 유튜브 게재,『이어도 문화의 계승발전을 위한 정책연구보고서』 공동저술 등을 통해 이어도 해양영토의 중요성을 국민에게 알리는 활동을 활발히 펼치고 있다.

출처 : 일간제주(http://www.ilganjeju.com)

제3회 이어도문학상 시상식 개최···
"이어도의 가치와 의미" 되돌아봐

㈜제주 도민일보방송 · 이어도문학회 · 계간《문예감성》공동 주최

대상 송영일 시인의「파랑도를 읽다」등 다수 작품 수상

제3회 이어도문학상 시상식.

이어도문학회는 지난 6일 서울 한국인성개발원 석세스룸에서 제3회 이어도문학상 시상식을 개최했다고 8일 밝혔다.

㈜제주 도민일보방송, 이어도문학회, 계간 문예감성이 공동주최한 이번 시상식에서 영예의 대상은「파랑도를 읽다」를 출품한 송영일 시인이 수상했다.

이어 금상 한영숙 시인, 은상 조우리 시인, 동상 엄선미 시인, 장귀자 시인, 이석구 시인이 공동 수상했다.

수상자들에게는 상패, 상금과 함께 꽃다발이 수여됐다.

당선 소감과 함께 당선작품을 낭독해 이어도의 가치와 의미를 되돌아봤다.

이날 뜻깊은 자리에 장한라 회장은 "공정한 심사를 해주신 심사위원과 행사 준비를 위해 애써 주신 분들께 감사 인사를 전한다"며 "이어도문학회가 전국적인 문학 단체로 거듭날 수 있는 계기가 된 것 같아 기쁘다"며 이같이 말했다.

　이어 계간 문예감성 발행인 황인수 시인은 "수상 작품들의 수준이 높고 미래지향적인 의미를 담고 있어서 무엇보다 감동이 크다"면서 "내년에는 더 좋은 작품들이 출품될 것 같아 기대가 더욱 크다"고 말했다.

　한편 이날 사회는 제3대 이어도문학회 회장을 역임한 김남권 시인이 맡아서 진행했다.

　앞서 제1회 이어도문학상은 '당신이 따뜻해서 봄이 왔습니다'로 국민 시인으로 불리는 김남권 시인이 수상했으며, 제2회 이어도문학상은 '이어도 전설과 실존의 ' 시집으로 양금희 전 제주국제대 특임교수가 수상했다.

　이어도문학상은 이어도에 대한 역사와 문화적 전설·서사를 체험해 온 제주인의 삶을 초월해 전설과 현재 실존하는 '이어도 종합해양과학기지'에 대한 함의에 대해 국민적 공감대를 높이는 것을 목적으로 기획됐다.

출처 : 제주도민일보

이어도를 소재로 문학 작품집
『이어도문학』 출간

이어도를 소재로 한 문학적 성과를 통해 이어도와 해양에 대한 국민들의 사랑과 관심을 고양하기 위해 지난 2012년 결성된 이어도문학회(회장 양금희)가 이어도를 소재로 한 문학 작품집 『이어도문학』을 출간했다.

『이어도문학』에는 한국 문단의 기라성 같은 문인들의 작품들이 실려 있는데 유안진, 이근배, 이우걸 시인 등의 시작품 외에도 수필과 소설 작품들이 실려 있다.

이어도문학회 양금희 회장은 발간사에서 『이어도문학』이 세상에 나오게 됨을 기뻐하며 "옥고를 보내 준 이어도문학회 회원 여러분들의 노고를 치하하며 아낌없는 찬사와 존경을 보낸다"는 뜻을 밝혔다.

이어도 연구회 고충석 이사장은 축하의 글에서 "열악한 환경에서도 이어도에 대한 사랑과 나라 사랑하는 마음으로 '이어도문학회지'를 세상에 나오게 하도록 노고를 아끼지 않은 양금희 회장님을 비롯한 이어도문학회 회원들에게 아낌없는 찬사를" 보낸다고 치하했다.

이어도는 제주 도민의 전설과 민요에서 나오는 피안의 섬으로 해남 가는 해로의 중간에 있으며 이어도에 표류한 어부들은 고향을 잊고 행복하고 풍요롭게 잘살게 되는 것으로 알려져 있다.

지난 1995년부터 해양수산부가 마라도 서남쪽 149㎞ 해역에 이어도의 종합해양과학기지 건설을 시작하여 8년여 만인 2003년 6월 10일 완공하면서 이어도는 좀 더 실재적인 모습을 보여주고 있다. 파고가 10미터 이상이 되어야 볼 수 있는 이어도 수중 암초는 문학인들에게 좋은 창작 소재가 되고 있다.

이어도문학회는 2012년 1월 27일 창립총회를 개최하여 회칙을 통과시키고 총회에서 양금희 시인을 회장으로 선임했고 회원들은 함께 이어도를 소재로 적극적인 문학 창작활동을 펼쳐서 문화의 힘으로 우리 해양 이익을 수호하고 있다.

이어도를 소재로 창작활동을 하는 등단한 문인이라면 누구나 조건 없이 회원으로 가입하고 탈퇴를 할 수 있다. 이어도문학회는 비영리단체로 다음 포털에서 이어도문학회 카페를 운영하고 있다.

출처 : 제주환경일보(http://www.newsje.com)

이어도를 소재로 한 문학 작품집
『이어도문학』 제2호 출간

이어도문학회(회장 강병철)에서 이어도를 소재로 한 문학적 성과를 담은 『이어도문학』 제2호를 편찬하여 이어도연구회(이사장 고충석)에서 출간했다고 12일 밝혔다.

이어도와 해양에 대한 국민들의 사랑과 관심을 고양하기 위해 지난 2012년 결성된 이어도문학회는 꾸준히 이어도를 소재로 한 문학 작품을 소개하고 있다.

『이어도문학』 제2호에는 시작품 외에도 수필과 소설 작품들이 실려 있다. 제2회 이어도문학상 수상작 특집으로 양금희 시인의 대상 수상작 「바람의 집, 이어도에서 불어오는 바람」, 금상 수상작 박성미 시인의 「이어도, 살아 있는 그 섬에 닿고 싶다」, 은상 수상작 권은중 시인의 「이어도는 결코 잠들지 않는다」, 동상 수상작 장한라 시인의 「이어도 묵시록」, 김고니 시인의 「고래의 노래를 들었단다」 등이 수록되었고 수상자들의 대표작도 게재되었다.

이어도문학회 강병철 회장은 『이어도문학』 제2호가 발간되도록 애써

준 김남권 편집주간과 고충석 이사장에게 감사와 존경을 보낸다는 뜻을 밝혔다.

김남권 편집주간은 계간 《문예감성》의 편집주간으로 제1회 '이어도 문학상'을 수상하였고 2017년 JTBC 앵커브리핑에 인용되고 TVN 〈시를 잊은 그대에게〉 드라마에 인용되기도 하였다. 특히 대통령의 서재에 추천된 작가이다.

이어도는 제주 도민의 전설과 민요에서 해남 가는 해로의 중간에 있다고 하며 이어도에 표류한 어부들은 고향을 잊고 행복하고 풍요롭게 잘살게 되는 것으로 알려져 있다.

이어도문학회는 2012년 1월 27일 창립총회를 개최하여 회칙을 통과시키고 총회에서 양금희 시인을 초대 회장으로 선임했고 이후에 김필영, 김남권 회장을 거쳐 지금은 강병철 박사가 회장을 맡아 회원들이 이어도를 소재로 적극적인 문학 창작활동을 펼칠 수 있도록 독려하고 있다.

이어도문학회는 비영리단체로 다음 포털에서 '이어도문학회 카페'를 운영하고 있으며 문호를 열고 있어 이어도를 소재로 창작활동을 하는 등단한 문인이라면 누구나 조건 없이 회원으로 가입하고 탈퇴를 할 수 있다.

출처 : 뉴스N제주(http://www.newsnjeju.com)

『이어도문학』제3호 발간

『이어도문학』제3호가 발간되었다. 이어도문학회(회장 장한라)가 해마다 대한민국의 해양 주권을 지키고 역사적 의미를 기록으로 남겨 두고자 순수한 민간 차원의 문화예술 운동을 펼치는 차원에서 발간을 시작한 무크지『이어도문학』은 제1대 회장 양금희 시인에 이어서 제2대 회당 김필영 시인, 제3대 회장 김남권 시인, 제4대 회장 강병철 시인에 이어서 현재 제5대 회장 장한라 시인이 맡아서 다양한 활동을 전개하고 있다.

올해는 지난 6월 25일 제1차 이어도 시낭송회를 비롯해 11월 19일 제2차 시낭송회를 제주에서 개최하며 이어도를 사랑하는 사람들이 전국에서 모여서 우의와 친목을 다졌다.

이번에 발간한 이어도문학 제3집에는 장한라 회장의 발간사에 이어서 고충석 이어도연구회 이사장의 축사, 양금희 전 제주국제대학교 특임교수와 강병철 전 충남대학교 국방연구소 연구교수의 이어도 논단을 비롯해 제3회 이어도문학상 특집으로 대상 송영일 금상 한영숙 은상 조우리 동상 이석구 엄선미 장귀자의 수상작과 수상소감 심사평이 수록되었다.

초대시 특집에는 김남권 『이어도문학』 편집 주간의 「슬픔 변경선과 화엄경을 읽다」 외 50여 명의 작품과 김필영, 복효근, 강경아, 고경숙, 권순자, 김경선, 김도연, 김송포, 김말화, 이기철, 허향숙, 정령 등 전국 각지 문인들의 작품이 눈길을 끌고 있다.

초대동시는 김옥순, 배정순, 이영숙 아동문학가의 작품이 수록되었고 초대 수필로 박미림의 「달챙이」, 최영남의 「마음 그릇」, 초대 소설로는 황인수의 「불빛들」이 수록되어 종합문예지로서의 품격을 갖추었다.

뉴스N제주, 이어도문학회와 MOU 체결

제주의 눈과 귀가 되는 가장 따뜻한 신문, 뉴스N제주(대표 현달환)가 전국구 문학회인 이어도문학회(회장 강병철)와 22일 오후 뉴스N제주 본사 사무실에서 문화창달 등 상호 이익을 극대화를 위한 업무협약(MOU)을 체결했다.(김필영 시인과 현달환 대표)

제주의 눈과 귀가 되는 가장 따뜻한 신문, 뉴스N제주(대표 현달환)가 전국구 문학회인 이어도문학회(회장 강병철)와 22일 오후 뉴스N제주 본사 사무실에서 문화창달 등 상호 이익을 극대화를 위한 업무협약(MOU)을 체결했다.

문학회와의 이번 업무협약을 통해 ▲상호지식기반을 협력해 홍보 강화 ▲상호 문학정보 교류 및 정보 공유 ▲상호 활동 지원과 적극적인 홍보 ▲상호 당사자 간 광고와 홍보, 기사 제공, 사업 등을 추진할 계획이다.

협력방법은 양 기관은 신의성실의 원칙을 바탕으로 협약을 성실하게 이행하고 협약서에 명시하지 않거나 구체적 사항에 대해서는 별도로 협의하고 결정하는 것으로 정했다.

시인으로 활약 중인 김필영 전 회장(평론가)은 이날 서울에서 직접 뉴스N제주를 찾아 "문학이라는 이름으로 활동하지만 사회전반적인 홍보 활동과 확장성을 위해 뉴스N제주의 도움이 절실하게 필요성을 느낀

제주의 눈과 귀가 되는 가장 따뜻한 신문, 뉴스N제주(대표 현달환)가 전국구 문학회인 이어도문학회(회장 강병철)와 22일 오후 뉴스N제주 본사 사무실에서 문화창달 등 상호 이익을 극대화를 위한 업무협약(MOU)을 체결했다. (사진 강병철 시인, 양금희 시인, 김필영 시인, 현달환 시인, 장한라 시인, 강정애 시인)

다"며 "향후 문학회 활동과 공모전 등을 통해 양 기간이 더욱더 문학으로 세상을 바꾸는 데 일조하자"고 말했다.

특히, "전국 이어도문학회의 약 200여 명이 함께 하는 행사 및 문학 제전을 통해 이어도를 알리고 이어도를 사랑하는 데 많은 관심을 가졌으면 좋겠다'고 피력했다.

현달환 대표는 "먼저 서울에서 손수 내려오신 김 시인님께 고마움을 전한다"며 "오늘 협약을 통해 제주에서도 문학의 발전과 관심을 갖기 위해 상호 간 이익이 될 수 있도록 하고 최대의 장점을 살려 서로 좋은 길을 갈 수 있는 방안을 모색하겠다."고 밝혔다.

한편, 이어도문학회는 제주에 위치한 이어도를 알리고 회원 간의 친목 및 문학 발전을 위해 태동한 문학단체로 초대 회장으로 양금희 시인, 2,3,4대 김필영 시인, 5대 강병철 소설가로 이어져 오고 있으며 회원들에게 회비를 전혀 받지 않는 등 부담 없이 문학 활동을 하고 있는 전국구 문학단체이다.

출처 : 뉴스N제주(http://www.newsnjeju.com)

이어도문학회, 임원 회의 개최

"이어도를 알자"

"이어도를 알리자"

전국 회원 200여 명이 활발하게 움직이고 있는 이어도문학회(회장 강병철) 임원 회의가 지난 22일 오후 1시 뉴스N제주 회의실에서 개최됐다.

이날 회의에는 강병철 회장 및 양금희 초대 회장, 김필영 2-4대 회장, 장한라 부회장, 강정애 부회장, 현달환 부회장이 참석했다.

주요 안건으로 회장 임기에 관한 건과 사업에 대한 건에 대해 의논했다. 이날 회의 결과 회장으로 강병철 회장이 연임에 이어 추후 총회 시 장한라 부회장이 회장을 맡는 것으로 결정했다. 또한, 좀 더 단체를 보완해서 사단법인으로 격상해서 체계적인 문학회로 발돋움하고 이어도 문학제전을 개최하기로 잠정 의논했다.

강병철 회장은 "문학회가 회원들에게 돈을 받고 운영이 된다면 의심하는 일이 종종 있어 참다운 문학회로 발전이 어렵다"며 "이어도문학 회만의 장점인 전 회원이 부담 없이 문학 활동을 할 수 있는 멋진 문학회로 이제까지 이어져 왔고 앞으로도 그렇게 가야 된다고 생각한다"며 많은 관심을 부탁했다.

평론가인 김필영 시인은 "이어도문학회와의 인연은 단지 문학회로만 끝나는 것이 아니라 '이어도'라는 섬이 대한민국과 세계에 알릴 수 있

이어도문학회(회장 강병철) 임원 회의가 22일 오후 1시 뉴스N제주 회의실에서 개최됐다.

는 홍보대사의 역할을 하고 있다"며 "앞으로 좀 더 체계적인 문학회를 통해 우리의 영토도 알리고 문학회도 알리자"고 당부했다.

양금희 초대 회장도 "문학회 활동은 누구나 어려운 가운데 행해지고 있다"며 청와대까지 허락을 받고 배를 타고 이어도 해양종합과학기지까지 다녀왔던 경험을 언급하며 "이제 그냥 그렇게 세월을 보내며 인생을 사는 것도 중요하지만 눈을 돌려 사명감으로 이어도문학회를 뿌리내려 전국적인 모임으로 자리잡아야 된다"며 분발을 촉구했다.

장한라 부회장도 일정상 바쁜 와중에 참석해 "현재 한라문학회 회장을 역임 중이라 이어도문학회를 맡고 활동하는 것이 조금 버거울 수 있다"며 "어느 정도 자리가 잡히면 이어도문학회 회장을 맡아 전국에 많은 문인들을 제주에 오는 문학제전을 개최하고 싶다"는 의견을 피력하며 멀리서 내려오신 김필영 시인님을 비롯한 임원들께 감사의 인사를 전했다.

강정애 부회장 역시 "이어도문학회를 통해 전 회장님이신 김필영 시인님을 만나 뵙게 돼서 영광"이라며 "앞으로 문학회 활동을 통해 이어도에 대한 관심을 갖고 많은 분들께 홍보역할을 하겠다"고 다짐했다.

현달환 부회장은 "부회장이라는 역할을 하고 있지만 본격적인 문학회 활동은 하지 못했다"며 "앞으로 이어도문학회와 업무협약까지 맺은 상황에서 좀 더 관심과 집중으로 이어도문학회 활성화에 조금이나마 힘을 모으겠다"고 피력했다.

한편 이어도문학회는 제주에 위치한 이어도를 알리고 회원간의 친목 및 문학발전을 위해 태동한 문학단체로 회원들에게 회비를 전혀 받지 않는 등 부담없이 문학활동을 하고 있는 전국구 문학단체이다.

출처 : 뉴스N제주(http://www.newsnjeju.com)

'뚜럼브라더스', 이어도시낭송회에서
〈이어도가 보일 때는〉을 선보여

　제주시사랑회(회장 김장명)가 주최하고, (사)이어도연구회(이사장 고충석) 및 이어도문학회(회장 양금희), 제주인뉴스(대표이사 강병철)가 공동으로 후원한 제82번째 제주시사랑회 정기 시낭송회가 5월 31일 오후 7시에 산지천 해상호에서 개최되었는데 '이어도시낭송특집'으로 마련된 이 자리에서 '뚜럼브라더스'가 이어도문학회 양금희 회장의 시를 가사로 작곡한 〈이어도가 보일 때는〉을 선보여 호평을 받았다.

　이어도문학회는 이어도를 소재로 문학 창작활동을 하며 회원들의 문학적 성과를 통하여 이어도와 해양에 대한 국민들의 사랑과 관심을 고양하기 위한 목적으로 설립되었다. 이어도문학회 회원들의 이어도와

관련된 시들을 중심으로 '뚜럼부라더스'는 올 하반기에 이어도음악회를 개최할 예정인데 이번에 양금희 회장의 시를 소재로 한 작품을 선보여서 관객들의 환호와 갈채를 받았다.

이번 시낭송회에서는, 첫 번째 낭송으로 이어도를 찾아서-유안진 시 / 김정희 낭송, 이어도가 보일 때는-양금희 시 / 홍미순 낭송, 이어도 그리고 기다림-김은숙 시 / 관객 낭송, 이어도를 만나다-오양심 시 / 김영희 낭송, 이어도-할머니의 전설-김양숙 시 / 문선희 낭송, 이어도-서석조 시 / 이어도-윤종남 시 / 이어도 사세-양점숙 시 / 환상, 혹은 이어도-이희정 시 등이 낭송가와 관객 등이 함께 낭송하는 시간으로 마련되었다.

출처 : 세계로 열린 인터넷신문 제주인뉴스(2012.05.31)

이어도문학회, 시낭송회 성료

이어도를 사랑하는 사람들이 부르는 시노래, 6.25를 맞아 낭송회가 펼쳐졌다.

이어도연구회, 뉴스N제주, 한라문학회 후원으로 이어도문학회(회장 강병철)는 25일 오후 5시 한라수목원 야외공연장에서 '시인 및 낭송가들과 함께하는 시낭송 행사를 개최했다.

이번 행사는 제주의 마지막 섬이자 희망인 이어도를 사랑하는 사람들이 모여 이어도를 되새기며 이어도를 배경으로 쓴 시들을 엄선해 낭송가와 시인들이 직접 작품을 낭송하며 그 의미를 되새겨보는 자리였다.

강병철 회장은 인사말에서 "초여름의 신록이 우거진 아름다운 숲속에서 시의 향기를 함께 누리게 됨을 기쁘게 생각한다"며 "일상의 분주함을 떠나서 여유를 가지고 영혼의 산책을 하는 시간이 될 것"을 기원했다.

장한라 이어도문학회 부회장의 사회로 진행된 이날 낭송회는 먼저 초대 시낭송으로 고미자 시낭송가가 「내가 만난 사람은 모두 아름다웠다」(시 이기철)'로 낭송회의 막을 열었다.

이어 고운진 아동문학가이자 전 제주문인협회장의 인사말과 낭송이 이어졌다. 사람 사는 일은 험한 산을 오르는 것이라는 김종두 시인이 제주어로 쓴 「사는 게 뭣 산디」를 낭송하는 순간 평생의 삶이 땀과 눈물

이어도연구회, 뉴스N제주, 한라문학회 후원으로 이어도문학회(회장 강병철)는 25일 오후 5시 한라수목원 야외공연장에서 '시인 및 낭송가들과 함께하는 시낭송 행사를 개최했다.

의 혼합임을 느끼는 순간을 만끽했다.

이어 양금희 초대 회장이 무대에 올라 자신이 쓴 「이어도가 보일 때는」이라는 시를 낭송하는 순간, 모두가 하나 같이 이어도에 세워진 해양과학기지를 오른 것 마냥 눈앞에 이어도를 보게 만들었다.

다음으로 고시백 낭송가는 "유채꽃이 가득 핀 들판에는 길은 어디에나 있고 또 없었다"라는 시어로 끝나는 윤석산 시인의 「유채꽃 가득한 들판에서」라는 작품을 낭송하면서 떨리는 목소리가 흡사 바람에 유채꽃이 흩날리는 착각을 일으킬 정도로 노란 유채밭이 그려졌다.

다음으로 제1회 이어도문학상 대상을 수상한 김남권 시인의 순서였다. 김 시인이 무대에 오르자 관중들은 많은 박수를 치면서 인기를 실감하는 듯 인사를 하면서 수상한 작품 「이어도 행, 열차를 꿈꾸며」라는 작품을 낭송했다.

김 시인의 힘 있는 목소리에 추자도, 여서도, 거문도 물갈기를 이끌고 대한민국 이정표의 최남단 이어도역까지 달려가는 기관사인 제주비바리 연인들의 풍경들이 그려졌다.

다음으로 강정애 시인의 자신의 경험담을 통해 쓴 3연으로 기나긴 시를 소개하며 우리들의 삶은 바람으로 치유된다는 「바람의 벗」이라는 제목의 시 퍼포먼스가 펼쳐졌다.

이어 펼쳐진 시인이자 평론가인 김필영 시인이 직접 쓴 「물의 정원」을 시인이 직접 낭송을 했다. 바리톤의 목소리를 가진 김 시인은 「물의 정원」을 낭송하면서 바람의 숨결, 물결을 통해 물의 마음을 간직한다는 것은 이어도의 물결을 슬픔과 웃음으로 변화할 수 있음을 노래했다.

낭송회는 한라문학회 회원들이 주를 이뤘다. 처음 무대에 오른다는 송연화 낭송가는 유재진의 「등대 소녀」를 낭송하면서 본문에 나온 시어처럼 "태양을 삼켜버린 바다 표정 / 붉으락푸르락 왜 저럴까"라는 표현처럼 아직은 덜 익은 사과처럼 낭송했지만 듣는 사람들은 나름대로 재미가 있었다.

이어 한비단 낭송가는 제주어로 쓴 오안일 시인의 「날 돌아다 놓앙으네」라는 시를 통해 재미를 전달했다.

남자가 나한테 시집만 오면 놀면서 살게 해주겠다는 내용의 시에서 시집와 보니 아무것도 없는 집안인지라 시집와서 하룻밤 정이 들어서 떠나지 못한다는 내용의 시를 들으면서 관중들은 "이왕 돼사진 몸 정들

엉 살아가사주"라는 마무리에 다들 웃으며 박수치며 환호했다.

이어 강병철 회장이 쓴 「나비의 꿈」의 낭송 시간이 되자 강 회장은 이 시는 김혜천 시인을 생각하면서 쓴 시라며 김혜천 시인에게 직접 낭송할 것을 양보했다. 벌레였던 나비가 활공하는 날갯짓이 흡사 김혜천 시인의 모습과 같다며 치켜세웠다. 김혜천 시인은 무대에 올라 큰 영광이라며 「나비의 꿈」을 담담하게 낭송했다.

이어 오월 첫날 김학신 시인의 시를 윤 희씨의 낭송이 이어졌고 배진성 시인이 직접 쓴 시를 자신이 낭송했다. 배 시인은 이어도는 이어주는 섬이라고 생각한다며 제목도 그렇게 지었다고 말했다. 차분한 목소리를 통해 무대를 왔다 갔다 하는 퍼포먼스는 이어도의 연결고리를 찾아가면서 이어주는 듯한 느낌을 주면서 자신의 시의 주제를 부각시키는 모습을 보였다.

이어 다시 김혜천 시인의 차례가 됐다. 자신의 쓴 시 「동백꽃 이운」이라는 제목의 시를 통해 갈등과 눈물이 있는 제주섬의 아픔을 치유하기 위해 그 아픔과 굶주림도 대립도 총칼도 없는 이어도로 동백꽃 상여를 옮겨 이운하겠다는 의지를 보여 이어도에 대한 희망을 노래했다.

한라문학회 김경태 회원이 자신이 쓴 「한라산 동백꽃」이라는 시를 낭송했다.

"매달린 것이 떨어진 꽃인가 / 떨어진 것이 매달린 꽃일까"라는 시구를 반복적으로 읊조리면서 동백꽃의 운명은 상처로 얼룩진 기억으로 남아 있음을 노래했다.

마지막으로 장한라 시인이 제주시조협회에 당선된 시조인 「곳물질」을 시 낭송을 끝으로 이날 행사의 대미를 장식했다. 특히, 이날 관중들의 즉석 시낭송회도 이어져 낭송에 대한 쏠쏠한 재미도 만끽했다.

◆ 이어도문학회는?

이어도는 제주 도민의 전설과 민요에서 나오는 피안의 섬으로 해남 가는 해로의 중간에 있으며 이어도에 표류한 어부들은 고향을 잊고 행복하고 풍요롭게 잘살게 되는 것으로 알려져 있다.

지난 1995년부터 해양수산부가 마라도 서남쪽 149km 해역에 이어도의 종합해양과학기지 건설을 시작해 8년여 만인 2003년 6월 10일 완공하면서 이어도는 좀 더 실재적인 모습을 보여주고 있다. 파고가 10미터 이상이 돼야 볼 수 있는 이어도 수중 암초는 문학인들에게 좋은 창작 소재가 되고 있다.

이어도문학회는 이어도를 소재로 창작활동을 하는 등단한 문인이라면 누구나 조건 없이 회원으로 가입하고 탈퇴를 할 수 있다. 이어도문학회는 비영리단체로 다음 포털에서 이어도문학회 카페를 운영하고 있다.

출처 : 뉴스N제주(http://www.newsnjeju.com)

(2022.06.25.)

이어도문학회, 가을 시낭송회 개최

이어도문학회는 19일 한라산 자락의 신비한 도깨비도로 관광지에 위치한 카페 정원에서 시와 음악, 늦가을 소슬바람이 한데 어우러진 가운데 가을 시낭송회가 열렸다.

이어도문학회(회장 장한라, 김필영 시낭송운영위원장)가 주최하고 한라문학회, 지리산문학회, 뉴스N제주가 후원한 시낭송회는 이날 오후 3시 미스틱3도 정원에서 펼쳐져 가을의 정취를 느끼게 해 그 의미를 더했다.

이번 행사는 시를 사랑하는 사람들과 이어도문학회 전국 회원 및 한라문학회 회원 및 도내 문학인, 제주여성합창단 단원 여러분, 관광객들이 참석한 가운데 김필영 시인의 명시 「가을을 듣다」을 비롯한 12개의 시 낭송과 바이올린 연주 등 다채로운 문화공연이 마련돼 익어가는 가을의 감성을 가득 채우는 시간이 됐다.

특히 양금희 시인(초대 이어도문학회장), 김필영 시인(전 이어도문학회장), 김남권 시인(전 이어도문학회장), 강병철 시인(직전 이어도문학회장) 등과 강문칠 작곡가, 김윤수 지리산문학관장, 윤석산 전 제주대교수 등이 직접 현장에 자리를 함께해 행사가 더욱 빛났다.

이날 시낭송회는 김경태 한라문학회 부회장의 사회로 순국선열에 대한 묵념, 인사말, 내빈 소개, 축사, 격려사, 축하 연주, 시낭송, 단체 사진 촬영, 만찬 순으로 마무리됐다.

김필영 운영위원장은 인사 말씀에서 "이어도가 얼마나 중요한지 학

자나 많은 국민들이 알고 있는데 문학회를 통해 널리 알리기 위해 역대 회장들의 열정으로 지금까지 와 있다"며 "오늘 기쁜 행사에 모두 참석해주심에 고마움을 전한다"고 말했다.

또한 "오늘 시낭송회를 함께 하신 한라문학회, 뉴스N제주에 감사의 마음을 전하고 거울의 법칙대로 자기가 먼저 다가가면 거울 속의 나도 같이 따라온다"며 함께 소통의 시간을 갖기를 기원했다.

장한라 회장은 인사말을 통해 "속초 등 강원도와 부산, 서울 등 전국에서 찾아오신 시인들과 문인들의 참석에 고마움을 전한다"며 "이 시낭송회가 함께 나눔의 시간이 되기를 바란다"고 말했다.

강문칠 작곡가는 축사를 통해 "제주를 떠나 30여 년 동안 살다 이제 제주에 내려와 활동하고 있다며 지금은 합창단 지휘로 바쁘게 생활하고 있다"며 "음악과 문학의 사이는 대단히 중요하다. 문학과 음악이 각기 살기보다는 융합의 완성이 의미가 있다"며 슈베르트의 일화를 소개했다.

그는 "최고의 기타리스트인 슈베르트가 호숫가에서 시의 아름다운 노랫말로 작곡을 통해 가곡의 왕이라고 불릴 만큼 많은 작품을 남겼다"며 "이어도문학회를 통해 시와 음악의 교차점이 되기를 이어도문학회 회원들이 함께 해줄 것"을 당부했다.

김윤수 지리산문학관장은 격려사에 "제주에 일찍 내려와 추사기념관 등 역사적인 장소에 다녀왔다"며 "지금은 충절인보다 예술인들이 더욱 존경받는 시대가 됐다. 문학기념관의 의미가 있다"며 분발을 촉구했다.

이어 "이어도는 이상향인데 이어도문학회가 문학의 이상향이 되어줄 것을 기원한다"고 덧붙였다.

출처 : 뉴스N제주(http://www.newsnjeju.com)

제주시청 어울림마당에서 '이어도사진전' 개최

사단법인 이어도연구회(이사장 고충석)에서는 지난 6월 30일 제주시 '시청어울림마당'에서 '이어도사진전'을 개최하여 제주 시민들을 대상으로 이어도 사랑을 고취시켰고 이어도에 대한 팸플릿을 배포하며 이어도와 이어도 해양과학기지에 대한 홍보활동을 하였다.

'시청어울림마당'에서는 한국문인협회제주특별자치도지회(회장 김길웅)주최, 제주동인축제운영위원회(위원장 홍기표) 주관의 '2012 제주문학동인축제'가 개최되어 많은 인파가 몰렸는데 이어도문학회(회장 양금희)에서는 시화전을 개최하여 시민들의 이어도에 대한 관심을 이끌어냈다.

제6부

이어도 문화가
제주 도민에게
주 는 함 의

1. 이어도 문화는 제주 도민의 정서에 융합되어 있다

이어도 문화가 제주 도민에게 주는 가장 중요한 함의는 이어도 문화가 제주 사람들과 함께 제주 도민들의 의식 속에 융합되어 있다는 것이다. 이어도 전설이 형성되고 맷돌을 돌리면서 이어도를 노래한 것에서 알 수 있듯이 제주 도민들이 힘든 생활을 이겨내려는 과정에서 이어도 문화가 생겨난 것이다. 현재도 이어도 상호에서부터 자원봉사 단체의 명칭까지 광범위하게 '이어도'라는 이름이 사용되는 것은 이를 방증한다고 볼 수 있다. 이어도 문화가 문헌 자료가 별로 없어도 이어도 문화

제주시 조천에 있는 '장귀동여돗할망당'의 터 (2022년 8월 21일 촬영)

제주시 조천에 있는 '장귀동산당'의 터 (2015년 8월 13일 촬영)

가 완전히 사장되지 않고 명맥을 이어왔다는 것은 그만큼 이어도 정서
가 제주 도민의 정서에 융합되어 있다는 것으로 볼 수 있다.

제주시 조천에는 과거에 전설 속의 이어도에서 온 '여돗할망당'이 있
었다. 이처럼 이어도는 제주 도민들의 생활에 깊이 녹아들어 제주 도민
들의 정서에 융합되어 있었다.

현용준·김영돈이 동김녕리에서 채록한 고동지와 여돗할망(이어도 할
머니)의 설화에는 조천에 살던 고동지라는 사람이 국마 진상을 위해 배

를 타고 바다로 나갔다가 폭풍우에 배가 난파되어 여자들만이 사는 '이어도'라는 섬에 도착하였다. 고동지는 그 섬에서 극진한 대접을 받으며 행복하게 지냈다. 한동안 세월 가는 줄 모르고 지내다가 어느 비가 오는 날, 낙숫물 소리에 문득 고향이 생각났고, 그리움에 사무쳐 그곳을 지나던 중국 상선을 타고 고향으로 돌아오게 된다. 그런데 그 배에는 이어도에서 함께 살던 여인이 몰래 타고 같이 돌아왔는데, 이어도에서 온 할머니라는 뜻으로 '여돗할망'이라고 불렀다. 그 여인이 조천에서 살다가 죽자 당신으로 모신 곳이 바로 '장귀동산당'이다.

　조천에 있는 장귀동산당터의 존재는 2015년 8월 13일 이어도에 대해 기억하고 있는 분들을 만나 인터뷰를 하던 중에 조천리 주민인 한희규(2015년 당시 80세) 님께서 장귀동산당터에 대해 들었고 이 터가 제주4.3으로 멸실되었다면서 흔적이 있는 위치를 정확히 알고 있다고 하셔서 동행하여 현장을 확인하게 되었다.

　한희규 님은 이어도 전설에 대해 들어는 봤지만, 자세한 것은 모르겠다면서도 장귀동산은 지형이 타악기인 장구 모양에서 유래된 것이라고 설명했다.

　확실히는 모르지만 전해오는 바에 따르면 파도가 세서 찰랑찰랑 물결이 셀 때는 안 보이고, 파도가 잔잔할 때는 보인다는 말을 들었는데 어떤 것이 맞는지는 모르겠다. 이어도가 제주도에 속한 거라는 것만 알지 세밀한 것은 모른다. 이어도에 대해서는 해녀들도 이제는 젊은 해녀만 있고, 노인 해녀들이 없어서 알지 못한다. 장귀동산이 제일 컸지만 4.3사건 때 다 멸실되어 버렸고, 사람들이 살면서 표적이 없어져 버렸다.

자료 : 멸실 되기 전 '장귀동산당터'. 박서동 제공 (1970년대에 촬영했다고 밝힘)

저쪽에 큰 나무가 있었다. 나무도 죽어 버리고, 헝겊도 (나무에) 묶어 놓고 제사를 지냈다.

저기 빌레돌이 있다. 담쟁이넝쿨 있는 앞에 나무가 있었다. 큰 나무가 있었다. 당나무라고, 당도 나무도 4.3 이후에 없어졌다. 그냥 장귀동산이라고만 했지 당 닮은 것이 있었지만 당이라고 하는 명분이 없었다. 모양이 소리 나는 장구 같아서 '장구(장귀)동산'이라고 부른 것이고, 다른 것은 할머니들이 가끔 와서 떡도 올려서 절도 하고 그랬다.[1]

이어도에서 함께 제주로 온 여돗할망을 모신 당이 어엿하게 존재했었지만 제주4.3사건 때 사라지고 어떤 복원 노력이나 표지판을 설치하지 않았기에 2022년 다시 그곳의 현재 상태를 파악하기 위해 찾았다.

---

1   이어도와 관련한 한희규 님의 인터뷰 내용

다행스럽게도 장귀동산당터로 알려진 밭은 아직 개발이 이루어진 상태는 아니었으며, 밭에는 고구마가 일부 심어져 있었다.

2015년 촬영 당시에는 주변에 개발이 많이 이루어진 상태는 아니었지만 2022년 8월 21일 다시 찾은 당귀동산당터 주변은 빌라 및 다가구 주택 등이 장귀동산당터 바로 앞에까지 건축된 상태여서 머지않아 이 터도 개발에 밀려 사라질 것이라는 우려가 들었다.

이번에는 주변에 사시는 분들이 장귀동산당터에 대해 알고 있는 내용은 없는지 알아보기 위해 근처 주택 몇 군데를 돌며 이야기를 들어보기로 했다.

제주시 조천에 있는 '장귀동산당'의 터 (2022년 8월 21일 촬영)

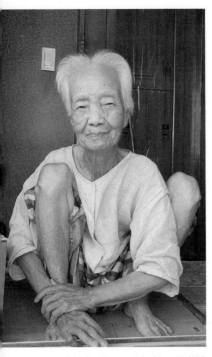

박복순(94세, 2022년 8월 21일 촬영)

하지만 일요일 한낮인데도 주택가 몇 곳을 방문했지만, 주민을 만날 수가 없었다. 장귀동산당터와 바로 이웃하고 있는 주택 중 한 곳에서 젊은 새댁을 만나서 장귀동산당터에 대해 들어본 적이 있냐고 물어본 결과 전혀 들어 본 적이 없다고 했다. 다행스럽게도 장귀동산당터와 돌담 경계로 이웃하고 있는 주택에 사시는 박복순(94세) 어르신을 만나 장귀동산에 대해 아쉬운 대로 들을 수 있었다.

박복순 어르신은 이어도에서 몰래 고동지가 타고 온 배에 숨어 조천까지 온 여돗할망이 이어도를 떠나는 순간 머리가 하얗게 새어 버렸다는 것처럼 백발이 성성하면서도 90이 넘은 나이임에도 매우 곱게 나이가 드신 분으로 마치 여돗할망의 분신을 만난 것처럼 느껴졌다. 어르신은 육지 지역에서 제주로 이주해 온 지가 60여 년이 된다면서 장귀동산당 터가 있는 조천리에 거주한 지는 30여 년이 된다고 말씀하셨다. 혹시 이어도에 대해 아는지 여쭤본 결과 이어도에 대해서는 들어본 적이 없다고 하시면서 본인이 사는 주택을 비롯하여 그 주변을 '장귀동산'이라고 했으며, 장귀동산으로만 알고 있을 뿐 왜 그렇게 불리는지에 대한 유래나 '고동지와 여돗할망'에 얽힌 이야기도 모른다고 말씀하셨다.

이 근처에서 장귀동산당에 대해 알고 있는 분이 있는지 여쭤본 결과 '한' 씨라는 성을 가진 분(과거에 조천리 노인회장)이 알고 있다면서 그렇지

박복순 어르신 댁에서 바라본 장귀동산당터 (2022년 8월 21일 촬영)

만 그분이 나이가 많이 들어 몇 년 전에 딸네 집으로 가서 살다가 돌아가셨다고 덧붙이셨다. 한씨 성을 가진 분은 2015년 '내가 알고 있는 이어도' 영상을 제작하기 위해 인터뷰를 했던 조천리 노인회장 한희규(2015년 당시 80세) 씨로 처음으로 '장귀동산당터'의 유래와 그 위치를 알려주신 분이시다. 그분 덕분에 '장귀동산당터'의 위치를 확인할 수 있었고 귀한 자료를 확보할 수 있었다. 고인의 명복을 빌면서 귀한 장소를 알려주신 그분께 감사를 드린다.

나이 드신 분들이 기억하고 있는 이어도는 소중한 무형문화 유산이다. 이어도에 대한 다양한 이야기를 그분들이 생존해 계신 동안 더 많은 자료를 확보해야 한다는 사명감이 들었다.

2. 이어도 문화는 생활 속에 녹아들어야 계승할 수 있다

이어도 문화는 제주 사람들의 생활 속에서 계승되었다. 맷돌을 사용하면서 생활할 때는 맷돌 노래를 부르면서 자연스럽게 '이어도'라는 명칭이 세대에서 세대로 전해졌으나 맷돌 노래가 사장되다시피하면서 이어도에 관한 인식도 급격히 줄어든 것으로 분석된다.

국마진상을 위해 항해에 나섰던 고동지〈전설 : 고동지와 여돗할망〉 전설이나 맷돌노래, 장귀동산당 등의 생활 속에서 접할 수 있는 문화가 '이어도 문화'를 계승시킨 것이다.

이어도 문화가 사장되어 가고 있었다는 것은 주강현 교수가 쓴 『유토피아의 탄생』(돌베개)을 읽어보면 알 수 있다. 주강현 교수가 "학문적 도발"이라는 표현까지 쓰면서 이어도를 20세기의 산물로 주장하게 된 것은 제주의 토박이들인 노년층과 해녀 집단에서 조차도 이어도 전설에 대해 제대로 아는 사람을 찾을 수 없었기 때문이다. 이는 직접 이어도 문화를 채록하기 위하여 제주 도민들을 찾아다니면서 심층면접한 저자도 경험한 일이다. 주강현 교수는 이어도에 관한 인식이 보편적으로 나타나지 않고 있고 비교적 현재와 가까운 시점인 조선시대와 일제강점기에조차 이어도에 대한 관련 기록을 문헌에서 전혀 찾아볼 수 없다는 점에서 이런 의문이 제기된 것이다.

그러나 앞에서 논의하였듯이 이용호의 『청용만고』에서 명확히 주민들의 말하는 것을 기록한다고 밝혀서 당시의 민중들에게 널리 이어도 전설이 전파되고 있었다는 것을 입증하고 있다.

주강현 교수는 제주도를 삼다三多에 더하여 삼재三災의 섬으로 인식하고 있다. 수재·한재·풍재가 겹치는 섬이었으며 천재지변으로 인한 고난과 중앙정부에 보내야 했던 각종 세금과 관리의 횡포로 20세기까지 이어진 제주민의 고난으로 점철된 삶과 역사적 트라우마가 '이어도-이상향' 담론의 증폭과 확산에 일조했을 것이란 추측을 하였다.

이어도는 주강현 교수의 지적대로 천재지변과 중앙정부의 수탈에 지친 민중들의 꿈이었고 이상향이었다. 제주 도민의 삶이 나아지면서 이어도에 관한 관심이 줄어드는 것은 당연한 일인지도 모른다. 앞서 논의하였듯이 이어도 전설에 나타나는 이상향의 모습이 자아실현의 모습이라기보다는 안전한 생존에 맞춰져 있기 때문이다. 천재지변이 없는 온난한 기후, 병이 없고 풍부한 음식이 있는 곳이 제주 선조들이 꿈꾸었던 '이어도'였다. 어떤 면에서 제주도는 이미 제주 선조들이 꿈꾸었던 이상향 '이어도'인 것이다. 제주도는 새로운 이상향 '이어도'를 상상하며 생활 속으로 '이어도'를 끌어들여야 이어도 문화를 계승할 수 있을 것이다.

3. 이어도 문화는 새로운 부흥의 계기가 마련되고 있다

이어도 문화는 제주 사람들의 생활 속에서 계승되었으나 해녀의 감소와 맷돌 사용의 중지 등으로 쇠퇴기를 맞이하였다. 그러나 2003년 '이어도 해양과학기지'가 건립되면서 새로운 부흥의 계기가 마련되었다. 이어도 문화가 제주 고유의 문화를 넘어서 국민적 문화가 되고 있다.

이어도라는 간판이 전국적으로 생겨나기 시작하였다. '이어도생선구이' 음식점 상호가 서울에서 등장하고 '이어도 복요리' 음식점 간판이 울산에서 걸렸다. '이어도 매운탕, 해물탕' 음식점 간판을 광주에서도 찾아볼 수 있다. 앞으로도 새로운 '이어도'를 사용한 상호는 늘어날 것으로 전망된다.

이어도 노래도 더 많이 제작되고 있으며 이어도와 관련한 시와 소설도 늘어나고 있다. 한류의 한 소재로 이어도가 성공할 수도 있다. 드라마나 영화의 소재로 이어도가 사용되어 성공한다면 '이어도 문화'는 새롭게 제주 문화로서 세계적인 주목을 받게 될 것이다.

제7부

〈이어도
문화를
찾아서〉
영상 제작

1. 〈이어도 문화를 찾아서〉 영상 제작 배경

전설과 민요 속에서 전해져 온 이어도의 모태가 됐을 이어도 수중 암초는 1900년 영국 상선 소코트라(Socotra)호에 의해 발견돼 세상에 실재를 드러냈다. 이어도 수역은 해상교통의 요충지로 동아시아 국가들에 수년 동안 긴장의 주체가 돼왔으며, 중국과는 배타적 경제 수역(EEZ)이 획정되지 않아 갈등이 여지가 있기도 하다.

이런 상황에서 이어도 문화를 소개하며 해양 갈등을 다룬 국제학술서가 2019년 초에 출간됐다. 영국과 미국에 본사를 둔 세계적인 학술 출판사인 팰그레이브 맥밀런(Palgrave Macmillan)사에서 이어도와 관련해 주목을 끄는 한 권의 학술서적이 2019년에 나왔는데, 『중국, 한국, 그리고 소코트라 암초 분쟁(China, South Korea, and the Socotra Rock Dispute)』이라는 제목으로 책을 쓴 세난 폭스(Senan Fox) 교수는 일본 카나자와대학(金沢大学, Kanazawa University)에서 강의하고 있다. 이 책에서 이어도에 대한 전설과 지리 및 지형적 배경에 대해 자세히 설명하고 있다. 이어도에 관해 국제적으로 이렇게 영향력 있게 다룬 책은 당분간 찾기 어려울 것으로 보인다. 세난 폭스 교수가 책을 저술하면서 국립해양조사원의 자료와 함께 이어도연구회의 자료를 많이 참고했다. 또한, 제주발전연구원 제주학연구센터에서 출간한 『이어도 문화의 계승 발전을 위한 정책연구』 보고서도 있다.

이런 학술적 서적 출간에 못지않게 중요한 것이 영상 제작이라고 생각한다. 이어도 문화와 관련하여 연구하면서 영상 제작의 필요성을 느끼게 되었다. 이어도와 관련한 연구서와 논문들이 쏟아지는 것을 보면서 대중이 쉽게 이해하고 접하기 쉬운 영상 제작에 대해 구상을 하고 있었다. 어떤 면에서 영상은 통신수단이 발전하면서 바로 세계와 연결되는 통로가 되고 있기도 하다. 한류 문화가 성공하는 것을 보면서 누군가 이어도 노래를 잘 만들면 세계인들이 함께 즐길 수 있지 않을까 하는 생각도 하였다.

이어도는 제주 고유의 전통문화다. 이어도는 아픔도 배고픔도 고통도 없는 이상향으로, 제주인들의 척박한 삶에서 고통을 잊기 위한 정신적인 피난처로 전설과 민요 속에 존재해 왔다. 제주 사람들은 바다에서 실종된 사람들이 오랫동안 기다려도 돌아오지 않으면 죽었다고 생각하는 것이 아니라 이어도로 갔을 것이라면서 위안을 얻었다. 이런 이어도 이상향에 대한 이어도 문화는 세계화 시대에 경쟁력이 있다고 본다. 그 옛날 이어도를 보았던 사람들은 어떤 심정이었을까? 이어도가 보일 때는 사람들이 절망에서 희망을 찾을 때였는지도 모른다. 마음속에만 이어도를 간직한 사람들에게 이어도는 잃어버린 사람들을 보내지 못한 바람과 슬픔이 섞여 있는 심정이었을 것이다. 제주의 바람과 돌과 바다와 제주 해녀와 같이 이어도는 제주인들이 태어나서 죽을 때까지 함께 하는 삶의 여정에서 뗄 수 없는 생의 한 조각으로, 제주인의 영원한 이상향으로, 오늘도 제주 사람들과 함께 제주문화 깊이 살아 숨 쉬고 있다고 할 수 있을 것이다. 과거에 비해 지금은 이어도가 많이 알려지긴 했지만 이어도 문화를 계승 발전시키기 위한 노력이 지속되지 않는다면 문화로서의 가치는 사라지고 말 것이다.

사시사철 다른 모습을 보여주는 한라산을 머리에 이고 살아온 제주인들에게 이어도라는 이상향이 있었다. 아름다운 제주도에서 사는 사람들이 이상향인 이어도를 꿈꾸게 된 것은 삶의 고통에서 이겨내기 위한 방편이었던 것으로 보인다. 바다에서 고기를 잡다가 태풍을 만나 배가 난파되어 실종된 어부들이 이어도라는 이상향에서 잘살고 있을 것이라는 믿음은 남아 있는 사람들에게 위안을 주었을 것이다.

전설과 신화, 또 민요 속에 전해져 온 이어도와 1900년 영국 상선 소코트라호(Socotra)가 발견한 이어도 수중 암초는 연관성이 크다 할 것이다. 이어도 수중 암초는 마라도에서 149km 떨어진 바다의 4.6미터 수면 아래에 있지만 높은 파도에서는 모습을 드러낸다. 과거에 어떤 어부가 이 암초를 보고도 살아남아 이어도 전설의 단초를 제공했을 것이라고 가정(假定)해 보기도 한다. 제주에서 태어나고 자란 사람들이 이어도와 친숙한 것은 이어도가 전설에서만 존재하는 것이 아니라 제주의 생활 속에 이어도 문화가 함께하고 있기 때문이다.

따라서 우리 선조들에게 위안을 줬던 이어도가 문화적 가치로서 세계화의 날개를 달기를 희망하면서 영상을 제작하게 되었다. 영상 자료는 종합예술의 복합체이면서 각 국가의 정치, 경제, 문화, 교육 등의 전 분야를 망라하여 기록할 수 있으므로 역사적인 기록과 시대상을 가장 효율적으로 후세에 전할 수 있는 도구이다. 이러한 영상 자료물은 무형의 이어도 문화유산을 보존하는 좋은 수단이면서 이어도에 대한 제주 사회의 집단적 기억을 집약하여 후세에 전달할 수 있는 가장 훌륭한 수단이 될 수도 있을 것이다.

이어도 문화를 영상에 담기 위하여 제작한 〈이어도 문화를 찾아서〉에서는 문화를 생활양식이라는 관점에서 보았다. 따라서 제주인들의 생활 속에 나타나고 있는 이어도를 영상에 담으려고 하였다. 이어도 종합해양과학기지의 위치와 이어도 전설을 다루었으며 생활 속에 스며 있는 이어도 문화를 다루고 있다. 이어도라는 용어가 들어간 상호나 단체명과 함께 이어도 문화 계승 발전 및 학술적 연구를 하고 있는 이어도연구회를 영상에 담았다. 특히, 이어도를 소재로 하여 이어도 노래를 제작하여 고충석 이어도연구회 이사장과 양인자 작사가, 김희갑 작곡가가 함께 대담을 나누는 모습도 영상에 담았다. 또한, 이어도를 소재로 한 문학 작품에 대해서도 다루었으며 이어도 문학을 통하여 이어도 문화를 계승 발전시키려는 이어도문학회에 대해서도 다루었다.

이어도 문화에 대한 증언을 채록하기 위해 제주 문화와 전통에 대해 잘 알고 있는 제주민속박물관 진성기 관장님을 만나 인터뷰를 하였다. 진성기 관장은 이어도에 대해 "옛날 우리 조상들이 중국으로 말 진상을 가면서 이어도를 지나곤 하였는데, 말을 실은 배가 백여 척이 출항해도 막상 돌아오는 배는 두세 척에 불과했다. 그러면 돌아오지 못한 나머지 배들은 전부다 이어도로 간 것이라고 생각했다. 그러면 진상 가서 돌아오지 못한 나머지 집 가족들은 맷돌을 돌릴 때마다 이어도에서 돌아오지 못한 가족들이 생각나서 이어도 사나를 불렀다"고 증언하였다.

두 번째로 이어도 문화에 대한 증언을 채록하기 위해 바다를 삶의 터전으로 살아가는 강인함의 상징인 제주 해녀를 만나 해녀가 알고 있는 이어도에 대한 이야기를 영상에 담으려고 하였다.

과거에 비해 지금은 이어도가 많이 알려지긴 하였지만 맷돌노래와 해녀들이 사라지면 이어도에 대한 제주 도민들의 인식도 위축될 것으로 전망된다. 그렇기 때문에 이어도에 대한 증언을 좀 더 확보할 필요가 있다.

https://www.youtube.com/watch?v=EcB2pkooBlA

〈이어도 문화를 찾아서〉 영상물은 제주 도민들만이 아니라 전국적으로 이상향 이어도에 대한 인식을 확산하는 좋은 수단이자 도구가 될 수 있을 것이다.

2. 이어도 문화를 찾아서_(영상)

[내레이션]

사시사철 다른 모습을 보여주는 한라산을 머리에 이고 살아온 제주
인들에게 '이어도'라는 이상향이 있었습니다.

〈출처: 한국해양재단〉

[내레이션]

이어도는 제주를 대표하는 상징 중의 하나로 전설 속에서 고통이 없는 이상향으로 그려지고 있으며, 이어도는 바다에서 실종된 사람들이 돌아오지 않을 때 이어도로 갔을 것이라면서 서로 위안을 얻었습니다.

그렇다면 이어도는 어디에 있을까요.

전설과 신화, 또 민요 속에 전해져 온 이어도는 1900년 영국 상선 소코트라호에 의해 발견되었고 마라도에서 149킬로미터에 있는, 4.6m 수면 아래 수중 암초입니다.

"테일러

"문화 또는 문명은

사회성원으로서의 인간이 습득한

[내레이션]

제주에서 태어나고 자란 사람들은 이어도와 친숙한데요. 전설에서만 이어도가 존재하는 것이 아니라 제주의 생활 속에 이어도 문화가 함께 하고 있기 때문입니다.

그럼 문화란 무엇일까요.

[내레이션]

문화에 대하여 신학, 인류학, 사회학, 교육학 등 다양한 학문 영역에서 정의를 내리고 있는데 인류학자들은 '인간 삶의 유형(patterns of Life) 혹은 생활양식(Life style) 그 자체'라고 설명하고 있습니다. 그중 테일러는 "문화 또는 문명은 사회성원으로서의 인간이 습득한 지식, 믿음, 예술, 도덕, 법, 관습, 기타 모든 습관을 다 포함하는 복합적인 총체이다"라고 정의하고 있습니다. 이러한 개념들을 검토하면 이어도에 대한 제주 사람들의 믿음이 생활상에서 드러나고 있는 것을 총체적으로 이어도 문화라고 말할 수 있을 것입니다.

설화 속에 나타난 이어도

＊다카하시 토오루(1932)
－모슬포에서 채록

＊진성기(1959)
－조천에서 채록

＊김영돈·현용준(1977)
－동김녕리에서 채록

[내레이션]

지금부터 제주 해녀와 이어도를 찾아서 여행을 떠나보겠습니다.

이어도 문화는 먼저 설화 속에서 찾을 수 있는데요.

진성기 관장 인터뷰(2014. 8. 14.)

[내레이션]

1932년 일본인 다카하시 토오루에 의해 모슬포에서 채록한 자료와 1959년 진성기 관장이 조천리에서 채록한 고동지와 여돗할망이 나오는 장귀동산당에 얽힌 자료가 있으며, 1977년 김영돈 · 현용준 씨가 동김녕리에서 채록한 자료가 있습니다. 그동안 이어도는 영화와 드라마, 노래, 시, 소설 등의 소재로도 꾸준한 관심과 사랑을 받아왔는데요.

제주 문화와 전통에 대해 잘 알고 있는 제주민속박물관 진성기 관장님을 만나보겠습니다.

이어도는 중국으로 가다 보면 중국과 제주도 사이 절반 지점에 있다라는 이야기다. 많은 사람들이 이어도에서 못 돌아온다고 하는데 조천에 사는 고동지라고 하는 영감이 말을 싣고 진상을 가는데 풍파를 만나 이어도에 가게 되었는데 이어도에 도착해 보니 과부들만이 사는 섬이었다. 이어도에서 환대를 해서 고동지는 매일 이집 저집을 오가며 생활하다가 어느 날 문득 고향의 가족이 생각나 고향으로 가야겠다고 했더니, 그동안 정들었던 여돗할망이 따라가겠다고 해서 그 부인을 매정하게 뿌리치지 못하고 같이 오게 되었다. 그때 같이 데리고 온 할망이 조천 장귀동산에 집을 지어 살다가 죽으니까 장귀동산당이 만들어졌고, 지금도 장귀동산이 있고, 그 할머니를 당귀동산에 모시고 여돗할망이라 해서 수호신으로 모시고 있다. (이어도에 대해 전해지는 이야기는) 대충 이런 내용들인데 제주사 람들의 희비가 엇갈리는 환상의 섬이고, 아름다운 섬이고 여자들이 많이 사는 섬이라는 전설이 있다.

[내레이션]

　바다를 삶의 터전으로 살아가는 강인함의 상징인 제주 해녀를 만나 해녀가 알고 있는 이어도와 제주 해녀의 삶에 대한 이야기를 들어보겠습니다.

장인숙 상군해녀(66, 애월읍 고내리. 2014. 9. 촬영)

[내레이션]

애월읍 고내리에서 12살 때부터 40년 이상 해녀로 물질을 해오면서 이어도로 간 어머니에 대한 그리움으로 지금도 가끔 눈시울을 적신다는 장인숙 해녀는 어릴 때 어머니를 여의고 외할머니 손에서 자랐다고 합니다.

저를 낳고 7개월 만에 어머니가 바다에서 돌아가셨다. 그래서 친할머니 외할머니 양쪽에 번갈아 가면서 할머니가 이 불턱 저 불턱 젖동냥을 해 먹이며 저를 키웠다. 저는 어머니가 돌아가셨다는 것을 모르고 할머니 밑에서 자랐는데, 하루는 울먹이면서 외할머니에게 왜 나는 엄마가 없냐고 물으니까 "이 다음에 크면 알겠지만 바다를 가리키면서 용수리 절부암 그쪽에 살았는데" 저 끝에 차귀도섬을 가리키면서 "엄마 이어도 갔다. 이어도에 돈 벌러 갔으니까 이 다음에 돈 많이 벌고 오면 쟤네들 사탕도 사주지 말고 너만 먹어라" 이렇게 하면서 자랐다. 우리 엄마는 이어도 돈 벌러 갔구나 생각하면서 물질해서 육지 나들이 가는 것처럼 그냥 이어도 섬에 돈 벌러 갔구나 생각하면서 좀 시간이 나면 절부암에 앉아서 바다만 보면서 '어머니' '어머니' 이렇게 하면서 이어도에 돈 벌러 갔구나 하며 (어머니를) 그리워했다.

이어도 하면 제주도 섬처럼 제주도 앞바다에 이어도 섬이 있는 줄 알았다. 지금도 마찬가지로 그렇게 있구나 생각했는데 최근에야 물속에 있는 이어도라는 것을 알았다. 이어도 하면 물 위에 둥둥 떠 있는 섬인 줄 알았다. 동네 어른들도 구체적으로 얘기해주지 않았고, 어머니가 이어도에 가 있으니까 너도 크면 어머니 찾아가 봐라 이어도에 갈 수 있을 거다라

〈불턱〉

고만 말했고, (이어도 쪽을 가리킬 때) 아주 먼 육지를 가리키듯 가리키면서 저~기 이어도에 가 있으니까 너는 어머니 도움을 받아서 물질도 잘할 것이다. 이럴 때 그 뜻이 어머니가 돌아가셨다는 얘기구나 알게 되었다.

[내레이션]

장 해녀는 그녀가 어릴 적 할머니나 이웃 주민들은 이어도에 대해 구체적으로 알지는 못하였지만 이어도에 대한 말은 많이 들었으며, 동네 주민들이 물질할 때 '이어도 사나'를 많이 부르곤 하였지만 나이 든 이웃 주민들이 세상을 떠난 지금은 이어도가 점점 기억에서 사라지는 것 같아서 안타깝다고 말하였습니다.

[내레이션]

제주 해녀는 1960년대에 2만 6천 명 정도였는데 지금은 4천500명 정도에 불과하며 새로운 지원자들이 없으면 앞으로 20년 이내에 제주 해녀가 사라질 수 있다는 우려가 일고 있습니다. 과거에 비해 지금은 이어도가 많이 알려지긴 하였지만 맷돌노래와 해녀들이 사라지면 이어도 문화도 많이 위축될 것으로 전망됩니다.

[내레이션]

'제주 해녀'를 유네스코 인류무형유산으로 등재를 추진하는 노력과
더불어 제주 도민들의 생활 속에서 이어도라는 상호나 단체명이 많이
사용되고 있고 이어도연구회나 이어도문학회를 비롯하여 이어도 문화
를 발전시키려는 의지를 갖고 활동하는 시민사회가 형성되고 있는 것
은 매우 다행스러운 일이 아닐 수 없습니다.

　　잠시 이어도를 노래한 시 〈이어도가 보일 때는〉을 감상해 보겠습니
다.

이어도가 보일 때는

양금희

바람이 불어 파도가 치면
바위에 부서지는 흰 물결 보며
제주 아낙들은 고기잡이 떠난
남편과 아들을 걱정했다

며칠이 지나고
몇 달이 가면
기어이 제주 여인들은
이어도를 보아야만 했다

해남길의 반쯤 어딘가에 있을
풍요의 섬 이어도
안락의 섬 이어도

제주 여인들은 섬을 믿었다
저 바다 멀리 어딘가에 있는
아픔도 배고픔도 없는 연꽃 가득한 섬
남편과 아들을

고통에서 해방시키는 섬을

높은 파도에서만 모습 보이는
수면 아래 4.6미터 수중 암초
어부들이 죽음에 임박해서나 봤을 섬
제주 여인들에게 위안을 주던 섬

이어도를 찾던 사람들이
전설을 넘어
마침내 이어도 해양과학기지를 세웠다
망망대해에 우뚝 선
제주 여인의 기원으로 피어난 연꽃 기지

[내레이션]

이어도가 보일 때는 사람들이 절망에서 희망을 찾을 때였는지도 모릅니다. 그 옛날 이어도를 보았던 사람들은 어떤 심정이었을까요? 마음속에 이어도를 간직한 사람들에게 이어도는 잃어버린 사람들을 보내지 못한 바람과 슬픔이 섞여 있는 심정이었을 것입니다.

제주의 상징인 바람과 돌과 제주 해녀와 같이 이어도는 제주인들이 태어나서 죽을 때까지 함께하는 삶의 여정에서 뗄 수 없는 생의 한 조각으로써 제주인의 영원한 이상향으로써 오늘도 제주 사람들과 함께 제주문화 깊숙이 살아 숨 쉬고 있습니다.

3. 이어도학술 · 문화의 밤

- 〈이어도 문화를 찾아서〉 영상 상영 및 제작 후기 설명

제8부

마 치 는 글

제주는 대한민국에서 가장 큰 섬이며 지리적 특성 때문에 자연환경과 문화가 특색이 있다. 제주의 풍부한 자연 자원과 아름다운 풍경은 많은 관광객을 끌어들이고 있다. 또한, 제주는 고유의 문화와 전통을 가지고 있다. 예를 들면, 제주의 특산물인 한라산 오름 참나무를 이용해서 만든 제주술, 돌담과 흑돼지로 유명한 제주의 농촌 문화, 그리고 전통적인 제주민속 음식인 흑돼지고기와 고기 국수 등이 있다. 이러한 문화와 전통은 제주를 방문한 여행객들에게 독특한 경험과 추억을 선사할 것이다.

제주는 세계 문화유산으로 등록된 '제주 해녀 문화'를 가지고 있다. 제주 해녀는 여성들이 바닷속에서 조개, 해조류, 갑각류 등을 수확하여 가족들의 식량 문제를 해결했던 역사적인 존재이며 현재까지도 보존되고 있다. 제주 해녀 문화는 그들의 역사와 문화, 그리고 지속 가능한 자원관리 방법 등을 보여주고 있으며 이어도 문화와 깊은 연관성이 있다.

이어도는 제주 사람들에게 오랫동안 위안을 주었던 상상 속의 섬으로, 바다로 떠난 사람들이 돌아오지 못할 경우 그들이 가는 곳으로 상상했다. 그러나 1900년 소코트라호가 수중 암초를 발견하면서 이어도는 전설과 실제가 만나는 계기로 만들었다. 제주의 아름다운 풍광과 함께 고유의 문화를 계승하여 제주를 더욱 매력적인 곳으로 발전시킬 수 있을 것이다.

이어도는 고통과 아픔도 없는 이상향으로서 오랫동안 제주 사람들과 함께 전설과 민요 속에 전해져 왔다. 제주 사람들에게 이어도는 바다로 나간 사람들이 풍랑을 만나 살아 돌아오지 못하면 이어도로 갔을 것이라 여기며 위안으로 삼던 상상 속의 섬이었다. 제주 사람들에게 이어도는 맷돌 문화가 번성했던 시기에는 맷돌을 돌릴 때 '이어도 사나' 노래를 부르면서 시름을 달래는 수단으로 이어져 왔다. 하지만 점차 기계화에 밀려 맷돌 문화의 명맥이 끊기면서 '이어도'에 대한 사람들의 관심과 기억도 점차 희미해져 가고 있다. 그런 이유로 자라면서 이어도에 대해 웃어른으로부터 자연스럽게 이어도에 관하여 전해 들을 기회가 줄어든 후세 세대들에게 이어도의 기억은 희미해져 가고 있다.

늦기 전에, 이어도에 관한 이야기를 전해 들은 기억을 간직하고 있는 세대들을 만나 그들이 기억하는 '이어도'를 영상으로 채록하기로 하였다. 영상자료물은 무형의 이어도 문화를 후세에 남기는데 좋은 수단이 될 것이기 때문이다. 이어도에 대한 기억을 가진 사람들을 만나기로 하고 제일 먼저 찾아간 곳은 조천이었다. 조천은 이어도와 관련하여 '고동지와 여돗할망'의 이야기가 전해지고 있는 지역이다. 중국으로 말을 싣고 가던 고동지가 풍랑을 만나 표류하다 이어도에 도착하여 행복한 나날을 보내다가 고향으로 돌아왔다. 그때 몰래 고동지를 따라온 여돗할망이 조천에서 살다가 생을 마감하자 '장귀동산당' 당신(堂神)으로 모셔 그를 기리기 위한 당(堂)을 세웠다고 전해지고 있다.

조천에 거주하고 있는 70~90대 노인들을 대상으로 이어도에 대해 들어본 적이 있는지를 물은 결과 들어본 적이 있다는 대답은 소수에 불과했다. 그나마 '이어도 사나' 노래에 대해서는 많은 노인 분들이 알고 있었고 부를 줄도 알았다. 이어도에 대해 들어본 적이 있다는 한(80) 씨는 "파도가 세서 찰랑찰랑 물결이 셀 때는 안 보이고, 파도가 잔잔할 때는 보인다는 말을 들었는데 어떤 것이 맞는지는 모르겠다. 이어도가 제주도에 속한 거라는 것만 알지 세밀한 것은 모른다"고 말했다. 하지만 이어도에서 온 여돗할망의 당신을 모시고 있는 '장귀동산당터'에 대해서는 정확히 알고 있었고 그 터를 직접 안내해 주셨다. 장귀동산당터는 "4.3 당시 불타 없어졌다"고 증언했다.

다음은 과거 일본인 '다카하시 토오루'에 의해 1932년도에 채록한 기록을 토대로 모슬포 지역에서 이어도에 대해 알고 있는 사람들을 수소문했지만 대부분 모른다고 말했다. 그래도 혹시나 하는 기대를 하고 수소문 끝에 이어도에 대해 알고 있는 몇 분의 소중한 증언을 채록할 수 있었다.

모슬포 지역에 거주하고 있는 양(78) 씨는 "이어도에 대해서 오래전 어릴 때부터 어머니·아버지·할아버지·할머니에게 늘 들었다. 저기 마라도 밑에 가면 이어도 섬이 있는데, 거기는 사람이 바다에서 죽으면 다 그쪽으로 간다고 해서 이어도가 무서운 곳이구나 해서 기피하는 곳으로 생각했다"고 증언했다. 직접 이어도 지역을 다녀왔다는 전직 수협직원인 이(72) 씨는 "그곳이 전복이나 소라가 많이 잡혔고 품질도 뛰어나 전부 일본으로 수출했다"고 증언했다. 강(63) 씨는 "이어도는 우리가 천당이나 지옥을 상상하고 생각하는 것 같이 제주도 사람들이 생각하는 이어도도 상상의 섬이었을 것"이라고 말했다.

과거 동김녕리에서 채록한 기록을 토대로 동김녕을 방문했지만, 이어도에 들어봤다고 기억하는 사람을 만나지는 못했다. 이에 동김녕리와 이웃한 북촌리 주민들을 대상으로 수소문한 결과 다행스럽게도 이어도를 기억하는 몇 분을 만날 수 있었다.

조천 북촌리 고(77) 씨는 "옛날에는 섬이라고 들었다. 옛날에 어른들이 제주도의 역사를 얘기할 때 제주도는 큰 섬이었고, 이어도도 섬이었다고 했다. 옛날에 (이어도에) 사람이 살다가 어느 시대부터 차츰차츰 바닷물 속으로 잠겨 버렸다는 얘기를 들었지만, 하찮게 들어서(구체적으로는) 잘 모르겠다. '이어도 사나' 노래는 이어도(이상향)에 목적을 두면서 생활에 고달픔을 잊기 위해 '이어도 사나' 노래를 불렀고, 용기와 힘을 실어주는 노래였다"고 말했다.

장(84) 씨는 "낭군님이 고기잡이 갔다가, 이어도에서 난파돼서 낭군님이 돌아오지 않으니까 낭군님을 그리는 마음에서 이어도 사나 노래가 나왔다고 알고 있다. 해녀들이 물질하러 갈 때, 지금은 기동선이니까 힘이 덜 들었지만, 전에는 노 저어 가려면 힘이 드니까 이어도 사나를 부르면서 (물질하러) 갔다고 알고 있다"고 말했다.

애월읍 고내리에서 어린 시절부터 물질을 하며 상군해녀가 된 장(66) 해녀는 "이어도 하면 제주도 섬처럼 제주도 앞바다에 이어도 섬이 있는 줄 알았다. 지금도 마찬가지로 그렇게 있구나 생각했는데, 최근에야 물속에 있는 이어도라는 것을 알았다. 이어도 하면 물 위에 둥둥 떠 있는 섬인 줄 알았다"고 말했다.

이어도 증언을 채록하기 위해 수백 명의 사람을 만났지만, 그들 중 소수만이 이어도에 대한 단편적인 기억만을 갖고 있을 뿐이었다. 각자가 기억하고 있는 이어도에 대한 기억도 사람마다 매우 살기 좋은 곳, 무서운 곳, 해산물이 풍부한 곳, 가면 돌아오지 못하는 곳 등으로 차이를 보였다.

자료를 수집하면서 흥미로웠던 점은 산간 지역으로 갈수록 이어도를 알고 있는 사람들이 거의 없었고, 해안 지역에 가까울수록 이어도를 기억하고 있는 사람들을 어렵게나마 만날 수 있었다는 점이다. 이를 통해 알 수 있는 것은 해안 지역은 특성상 바다에 물질을 나가거나 배를 타고 어업활동을 할 기회가 많았고, 바다에서 사고를 당해 불귀의 객이 되는 경우 죽었다고 생각하는 것이 아니라 고통도 배고픔도 없는 이어도라는 이상향에 갔을 것이라고 생각하며 위안을 얻었을 것으로 추측해 볼 수 있었다. 젊은 세대들이 이어도에 대해 기억하고 있는 지식은 웃어른들로부터 전해 들은 것이 아니라 TV나 언론매체 등을 통해서였고 대체로 실존하는 섬으로 인식하고 있었다.

제주민속박물관장을 지낸 진성기 관장은 이어도 문화가 사라진 것에 대해 "우리 생활이 바뀜에 따라 자연적으로 생각도 바뀌는 것이 아닌가 한다. 그 당시만 해도 목축 농업사회에서 말을 키우고 맷돌을 돌리고 방아를 찧어 주식을 장만하던 때에는 이어도가 많이 알려졌지만, 기계화되고 생활이 편리해짐에 따라 자연적으로 이어도 문화가 사라지게 되었다"고 말했다. 그러면서 "이어도는 제주 도민 생활상에서는 기쁨과 슬픔이 섞여 있는 환상의 섬이었고, 이어도가 있어서 우리 제주 도민들에게 희망을 안겨준 것이다. 이어도가 없었다면 너무 답답하고 절망적이었을 것이다. 중국으로 진상을 갔다 오는 과정에 이어도가 있었기 때문에 숨통이 트이고 어려움 가운데 참고 살 힘이 생겼을 것"이라고 덧붙였다.

후세들이 이어도 문화를 향유하도록 하기 위해서는 어떻게 해야 할까? 사람들과 소통이 되지 않는 문화는 사장될 수밖에 없다. 이어도가 기억 속에만 존재하는 것이 아니라 이 시대와 소통하고 계승 발전하기 위해서는 이어도를 소재로 한 문화행사를 축제형식으로 다양하게 개최할 필요가 있다. 이어도를 소재로 한 연극, 뮤지컬, 영화 제작을 비롯하여 음악제, 이어도를 소재로 한 시, 소설 등의 문학 작품 발굴 등을 지속적이고 체계적으로 하여 이어도에 대한 전 국민의 관심을 고취시킬 필요가 있다.

이어도 수역에는 2003년에 건설된 '이어도 종합해양과학기지'가 망망대해에 우뚝 서서 위용을 자랑하고 있다. 이어도 수역은 연간 25만 척의 배들이 지나는 해상교통의 요충지이며 우리나라의 수출입 물동량의 98% 이상이 통과하는 수역으로서 경제·안보적인 측면에서 매우 중요한 수역이라고 할 수 있다. 제주도의회 몇몇 도의원들이 '이어도의 날 조례 제정'을 추진했지만 중국과의 외교적 마찰을 우려하여 번번이 무산된 바 있다. 일부 제주지역 단체에서 '이어도 문화의 날' 행사를 추진하고 있어 그나마 다행스러운 일이라 생각된다.

제주인의 이상향을 넘어 대한민국 국민들의 이상향으로서 이어도가 '이어도 문화'로 계승 발전시켜야 할 공감대를 얻기 위해서는, 이어도가 왜 중요한지에 대한 대한민국 국민들의 공감대 형성이 우선되어야 할 것이다. 제주에 뿌리를 둔 '이어도 문화'가 대한민국 국민들의 시름과 아픔을 달래주는 이상향으로써 활짝 꽃피우길 기대해 본다.

참고문헌

강병철, 「이어도 쟁점 및 해양주권강화방안: 다층적 차원에서의 해법 모색」, 『평화학연구』, 제13권 4호, 서울: 한국평화학연구회, 2012.

강병철 · 양금희 · 권순철, 『이어도 문화의 계승발전을 위한 정책 연구』, 제주: 제주발전연구원 제주학연구센터, 2015.

강효백, 「한.중이어도 경계획정 문제: 이어도를 중심으로」, 『한국동북아논총』, 제50집, 광주: 한국동북아학회, 2009.

강희각, 『한 · 중 · 일 해양분쟁 심화요인과 그 함의에 관한 연구』, 2013년도 한남대학교 박사학위 논문.

고봉준, 「독도.이어도 행양영토분쟁과 한국의 복합대응」, 『한국정치연구』, 제22집 제1호, 서울: 한국정치연구소, 2013.

김열수, 「동아시아 도서분쟁: 분쟁의 원인과 미중의 전략」, 『국방대학교 안보연구시리즈』, 제12집 제13호, 서울: 국방대학교, 2011.

구민교, 「지속가능한 동북아시아 해양질서의 모색: 우리나라의 해양정책과 그 정책적 함의를 중심으로」, 『국제지역연구』, 20권 2호.

김영구, 『이어도 문제의 해양법적 해결방법』, 서울: 동북아역사재단, 2008.

김태완, 「유엔해양법협약 레짐과 동아시아 갈등: 원인과 해결방안」, 『국제정치연구』, 제10집 1호.

김태준, 「중국의 해양 영토분쟁에 대한 대응방안 연구」, 『국방정책연구』,

2007년 겨울, 서울: 국방대학교, 2007.

신창훈, 「이어도 문제의 본질과 우리의 대응」, 아산정책연구원, Issue Brief No. 21(2012-03-16).

박창희, 「강대국 및 약소국 해양전략사상과 한국의 해군전략: 제한적 근해우세」, 『국가전략』, 18권 4호.

배진수, 「동북아시아 지역에서의 해양영토 분쟁의 배경 및 현황」, 『동아시아 해양분쟁과 해군력 증강 현황』, 서울: 해양전략연구원, 1998.

윤석준, 2012. 「중국 해군력 현대화 수준 평가 및 발전 전망」, 『외교안보연구』 8권 1호, 서울: 외교안보연구원, 2012.

이석용, 「우리나라와 중국간 해양경계 획정」, 『국제법학회논총』, 제 52권 제 2호, 2007

진창수 편, 『동북아 영토분쟁과 외교정책』, 성남시: 세종연구소, 2008.

유철종, 『동아시아 국제관계와 영토분쟁』, 서울: 삼우사, 2007.

이홍표, 「댜오위다오 영유권 분쟁과 중·일관계: 에너지안보와 민족주의 측면」, strategy21, 제15호, 서울: 한국해양전략연구소, 2006.

전재성, 「이어도 문제의 현황과 해결방안 모색」, 『JPI정책포럼』, 2012.

진행남, 「이어도 문제의 현황과 해결방안 모색」, 『JPI정책포럼』, No. 2012-04, 제주: 제주평화연구원, 2012.

이어도연구회, 『이어도바로알기』, 서울: 도서출판 선인, 2011.

국방부, 『국방백서 2012』, 2013.

『동아일보』, 2011년 7월 27일.

『조선일보』, 2013년 11월 24일자; 12월 9일.

『연합뉴스』, 2012년 3월 10일자; 3월 12일.

대한인국 영토 이어도 http://www.ieodo.nori.go.kr
외교통상부, 『유엔해양협약전문』

http://www.mofat.go.kr/webmodule/htsboard/template/ad/
korboardread.jsp?typeID=6&boardid=25&seqno=274387&c=&t=
&pagenum=1&tableName=TYPE_DATABOARD&pc=&dc=&wc=
&lu=&vu=&iu=&du=(검색일: 2013년 11월 5일).

_____, 「이어도 해양과학기지에 대한 중국의 문제제기 관련 당국자 논
평」, 『보도참고자료』, 2006년 9월 15일.

_____, 「한국 4차례 연속 유엔 대륙붕한계위원회(CLCS)진출 성공」,
『보도자료 12-478호 』, 2012년 6월 7일.

Fravel, M. Taylor, China's Strategy in the South China Sea,
Contemporary Southeast Asia 33. No.3, 292-319, 2011.

Obama, Barack. Renewing American Leadership, Foreign Affairs 84,
No.4, 2007.

Samuels, Richard J, New Fighting Power!: Japan's Growing Maritime
Capabilities and East Asian Security, International Security 32, No.3,
2007/2008.

Swaine, Michael D, China's Assertive Behavior, Part One: On Core
Interests." China Leadership Monitor, No.34, 2011.

U.S. Department of Defense, Military and Security Developments Involving the People's Republic of China 2012, Annual Report to Congress, 2012.

Wiegand, Krista E, Militarized Territorial Disputes: States' Attempts to Transfer Reputation for Resolve, Journal of Peace Research 48, No. 1, 2011.